孜孜不倦地
爱与被爱

毕淑敏 ——著

北京出版集团公司
北京十月文艺出版社

●目录

「用生命擦拭生命……」

每个正常人，都希冀纯净的爱情。

有位姑娘告诉我说，她的爱情像牛奶一样洁白。我沉浸在感动中尚未曾拔出，她冷笑着补充道，这牛奶中掺杂着激素和抗菌素。这话是早些年说的，如果放在今天，也许还会补充三聚氰胺。

如今，纯粹的东西是越来越少了。我们的身体，外面泡在有多种尺寸不一悬浮物颗粒的空气中，内里储满了不纯净的水和成分可疑的食物。

然而，纵使浸淫在如此复杂的氛围中，我们依然深深迷恋着爱情的纯粹与高洁。

记得看过一个如何养殖奶牛的科教片，说的是第一次挤奶时，万万不要挤太多，那样把奶牛挤得太苦，涸泽而渔，奶牛的泌乳系统就会瘫痪，再也挤不出牛奶了。

现代的男生女生们，不要在第一次爱情到来的时候，就挥霍了所有的真诚。

人类的爱情，也是由复杂的化学过程来诱发、表达，以及加固的。其实，所有的心灵活动，包括对美和丑的感知，包括爱与恨，都有身体内部复杂的化学过程参与其中。只不过，我们几乎对此所知甚少。

人类已有的知识，与庞大的未知世界比较起来，实在是九牛一毛。人类对于心理层面的爱情奥妙研究有限，对于物质层面的感情发生原理，所知更是凤毛麟角。这一切，都使得维护爱情，有了一种塑造艺术般的未知感。

我觉得对爱的追索，在理论层面，就是对自己价值观的坚守。有什么样的价值观，就有什么样的爱情观。有什么样的爱情观，就有什么样的爱情命运。爱情发生后，还要有付出一生的承诺。没有承诺的爱情，是不受质保的水货，事故不断，很可能全面死机。

有的人就为了一句承诺，可以被水淹死，被火烧死，还有各种千奇百怪的殉情死法。单是死还不算，死的时候更是爱意充盈，毫不惧怕。也有人赔上一辈子的光阴痴守，谁人也劝不回头。如果说慷慨赴死还只是一锤子的果决，这种长远的舍身投入，更让人感佩。不过有人会反驳，说承诺不可信的例子比比皆是。絮语如尘，承诺袅袅，都可以一风吹落。大海可以呼啸，高山可以崩裂，纵是海誓山盟也属枉然。

我所说的承诺，并不是口头上的甜言蜜语，而是源自爱与被爱的执着信念。这爱与被爱，也不是人类天生就具有的能耐，而需要在后天中不断磨炼培养滋润守护。就算是婴儿对于母亲的依恋和寻找，骨子里也不过是对食物的渴求。有道是"有奶便是娘"，便是明证。说到底，爱的能力就像肌肉，你要锻炼它，它才有款有形地强力凸起并蕴含强大的力量。如果你放任疏忽，爱就会萎缩。就算看起来是个庞然大物，也是一个没有爱之能力的囊胖子。

2008年南方大雪灾之后举办征文，我担当评委。看到那个因为砸冰牺牲在倒塌电塔上的烈士事迹时，热泪滚滚。他被刺穿在犬牙交错的钢筋上，终因伤势过重而牺牲。

在生命就要飘然而逝之时，在岌岌可危的断塔高处，他想的是什么？现代科技为我们留下了证据。他在昏迷之前，用尽气力，发出了手机短信：老婆，我爱你和孩子……

他的妻子收到了这封短信，当时正忙着烧火给孩子取暖，没有回复这条短信……她悔之莫及。

但我坚信勇敢的电工烈士，是在爱中辞世的。他深知自己并不孤独，有无穷无尽的爱为之陪伴。

因为期待着爱与被爱，我们才孜孜不倦地活着，并希望自己在孜孜不倦的爱中，宁静离开。

三千岁的我

我相信，
有一本书，
一定藏在远方。
它是你的至交，
它的肚腹中藏着一句话，
有可能改变你的一生。

谢谢你的腰

我去学习心理学，实在事出偶然。记得1998年的某一天，一位只见过几面的朋友打来电话，谈一件小事。她工作很忙，每次通话都是三言两语直奔主题，然后毫不犹豫地决绝挂断，剩下你一个人对着话筒怔怔，似乎缺少暖暖的人情味。我生性散淡，历来觉得电话里除了正事，也不妨扯点家长里短，说些絮絮叨叨的废话，才是生活原色。这一次，她突然一反常态，有心思拉家常了，话里话外，生机盎然。我很奇怪地说，你怎么今天有工夫聊天？她叹了一口气说，我的腰椎断了，打了石膏裤，现在躺床上静养。

我是学医出身，一听到有谁病了，立马就不由分说进入医生角色，连忙问她，疼吗？

她说，已经有些时日了，现在不大疼，只是每天卧在家里，非常寂寞。看书吧，总是一个姿势，时间久了，也很疲劳。倒是打打电话，也可多知道一些外面的事情。

石膏裤是很熬人的，不但腰不能动，腿也不能动。皆因腰腿是一家，一动皆动，一静皆静，实行连坐。只有把腿彻底固定，腰才能得到歇息和将养。石膏裤相当于人造截瘫，百无一用的感觉能把人捶扁。

我说，你这裤子还要穿多久？

她答，三个月。

我说，我会经常给你打电话。之后，反复叮嘱"既来之，则安之"。

话毕，我赶忙拿起一支笔，趴在墙壁的挂历上，写下这样一行字：每周给××打一次电话，每次一定要超过十五分钟！！

那时，我已忙得飞沙走石，但这用红笔打下的几个惊叹号，提醒我不管多么困倦忙乱，每周也要同这位躺在床上一动不能动的朋友，东拉西扯聊聊天。

一次闲聊中，她说香港中文大学的林孟平教授要到北师大传授心理学，带硕士研究生。

我放下听筒和先生商量，说了一句那个写过《半夜鸡叫》的高玉宝的名言——我要读书。

我后来对那个朋友说，我学心理学，要感谢你的腰。

在毛毛虫的注视下午休

1998年9月2日，我坐到了北师大心理系的教室里，成为一名心理咨询专业的硕士研究生。

半天课上下来，我这个后悔啊！写作已经多年，自由懒散成性，像幼童般坐在窄小的桌子后，半仰着脸，听一位老师谈自己几乎一窍不通的知识，实在生疏而辛苦。

　　课间休息时，大家彼此谈着对心理学的感受。我好像赤脚闯进了莽莽苍苍的热带雨林，到处是不认识的动物植物，出没着蛇和蜥蜴，令我胆战心惊。对心理学，我只看过几本弗洛伊德和荣格的书，其他皆是空白。比如人家说到华生，我以为是老谋深算的侦探福尔摩斯的助手，其实呢，他老人家是行为主义心理学派的大师。这简直就像练武功的人不知道少林寺，那一刻，周围的人突然不肯发出任何声音稀释尴尬，任我的无知如水银泻地，一览无余。

　　中午吃饭的时间到了，我拿着饭盒向食堂走去。食堂乱哄哄的，排着无数队伍，每一根都像拧散了的麻花辫，又粗又长。学生们彼此认识，一个站在那里，一个班的同学都顺势而入，排了半天队，队伍不但不向前移动，反倒后退了好几步。在挤得头昏脑涨之后，好不容易轮到我了。凡物美价廉之菜，铁盆均已见底，只剩下一些高价菜勉力支撑门面。我自言自语，重新上学，是个辛苦的事情，慰劳一下自己吧。我要了一个红烧鸡块，饭盒装了二两米饭，开始了年近半百再次成为学生的第一餐。

我慢慢地吃着鸡块，希望美味能振奋一下苦闷的精神。新的打击扑面而来，所谓鸡块，不过是把一根鸡脖子剁成几段，胡乱裹上些面粉，用已经快要变质的油烹炸了一下，再以酱油煮熟。我死盯着鸡块企图引动食欲，困难地吞咽着白米饭。这时候，来了一个小伙子，可能是看到我这侧桌面还比较干净，坐了下来。

他问道，老师微服私访？到食堂和穷学生打成一片？

我苦笑道，我不是老师，是学生。

那学生一面狼吞虎咽地吞着烂糟糟的面条，一面说，老师开玩笑。您这么大年纪了，怎么还会是学生呢？再说啦，您吃这么好的菜，起码是博导了。

吃完饭，我像个孤魂野鬼似的，在北师大校园乱逛。不知不觉走到数学楼南边的小园子。北京秋天的阳光，明晃晃地照在椅子上，看起来暖和，然而因为有风，依旧是冷的。

虽然冷，困倦还是上来了。我迷迷糊糊地蒙眬着，心想再过几天，就算这长椅空闲，也不敢久待了。天凉铁硬，会拉稀跑肚的，毕竟已不年轻。正想着，突然觉得有人轻轻地碰撞我的手，心一惊，暗想一定是又来了情侣，希望我能腾腾地方吧。我朝旁边躲了躲，觉得留出的地方足够大了，他们尽管坐就是了，我不会睁开眼睛偷窥。可惜那位来者很坚持，碰撞虽很温柔，但意志十分顽强，看来不把我惊醒并驱赶走绝不甘休。我只好抬起沉重的眼皮，给个回应。于是我看到了肇事者——两只硕大的毛毛虫，趴在我的手臂上，摇头晃脑。我惊得像火箭一样垂直而起，甩手如风车。它们画着弧线坠落在地。就在抢起胳膊跳将而起的当儿，我回头看到自己身后的树干上，密密麻麻地爬满了数不尽的毛毛虫。它们像针尖一样黑而小的眼睛，愤愤地注视着我，生气我擅入了它们的领地。

我自小就非常害怕毛毛虫，觉得它们猥琐而不祥。虽然早年当兵，遇到再恐惧的事由，也不会呼天抢地，练就了表面的镇定，但心中的发抖却是挥之不去。

五个"因为所以"

这一下，睡意全无，瞬间做出一个决定——我马上退学！我要回家！校方能退点学费最好，实在不退就算了，认倒霉，权当我生了一场大病，也摔断了一回腰。

逃兵心态一定，我反倒轻吁了一口气。不就是还有一个下午吗？就是上刀山，下火海，也能扛过去。

这样熬到了两点，再次走进教室。下午上课的时候，林先生在黑板上写了一个造句："因为……所以……"

一下子仿佛回到了小学二年级。我实在想不通为什么在研究生的课堂上要来这种返璞归真的训练，但身为学生一天，就要完成课业一天。林先生解释说这不是一般的造句，你要觉察自己的感受。你要能分辨出是什么事件引发了你怎样的情绪。真乃一个新奇训练，且要连写五句。

我心中暗想，一个人能同时拥有那么多感受吗？或者说，在我们驾轻就熟的体内，有那么复杂的"因为所以"吗？当一天和尚撞一天钟，不管怎么样，学生还是完成作业要紧。我提笔写下了第一个句子：

1．因为我看到了很多毛毛虫，所以我很沮丧。

看着这个句子，我先是觉得好玩。一个经历了很多风霜的半老妇人，难道真的因为一些自生自灭、无知无觉的毛毛虫，竟如此地灰头土脸、一蹶不振吗？实在有些好笑啊。不过，这实在是我此时此刻的真实想法。

只完成了一个句子，当然还远远不够，只有继续写下去。

2．因为我不懂得心理学的很多基本常识，所以我觉得很丢人。

这一条写完，我有点生自己的气。真没出息，不知者不为耻，学习就是新的开端，这不是我一直勉励自己的话吗？今天怎么忘记了？

3．因为我没有心理学的本科学历，所以感觉很吃力。

我看着它，轻轻地点点头。因为这是一个事实。不过，似乎也没有什么了不起的，可以通过努力来弥补嘛！

4. 因为中午没有地方休息，所以我觉得很疲倦。

这倒是千真万确的，我无精打采垂头丧气。不过，似乎也不能都归罪于没有午睡，我并没有这样娇气。也许，更深层的原因是我在这里感到孤独和自卑。

5. 因为午饭既贵又不可口，所以我萎靡不振。

我本来以为自己凑不出来五句"因为……所以……"，不想很快就写完了。写完了，还意犹未尽。林先生把大家的作业纸收了上去，我们都很关心这些答案对还是不对。林先生说，答案是没有对错之分的，只是为了训练大家随时随地觉察自己的情绪。不要张冠李戴，也不要嫁祸于人。要找出那些真正引发自己情绪动荡的起爆点。就好比你看到池塘中一圈圈的涟漪，你要找到最初那块石头掠过并坠落的地方……

林先生还讲了一些什么，我已记不清。我能记得的就是这样一个句式的训练，让我改变了主意。我决定把心理学的课程坚持下去。因为我找到了自己情绪低落的那个最核心的"因为所以"。

这个句子应该是这样的：

因为我脱离了自己熟悉的环境和专业，我感到孤单和退缩。所以，我想逃避。

梳理完成了自己的情感脉络，我知道苦闷的来源了。它们和红烧鸡脖子有关，和蠢蠢欲动的毛毛虫有关，和福尔摩斯的助手有关，和没有午睡天气渐冷有关，但这些都不是关键。问题的关键是——我对于变化的不安全感。这种感觉是一种正常的反应，它不应该成为我们决定重大事项的借口。

现在能做的唯一的事，就是坚持下去。

三千岁的我

从那以后，我用四年的时间，完成了心理学的硕士和博士方向的课程。又和几位同学一起开办了一家心理咨询中心，前后运行了几年时光。

因为前来咨询的人太多，我时常感到一种分身无术的苦恼。有的人从春等到秋，还没有轮到他就诊。有一位女子对负责预约的工作人员说：我和我爱人已经决定离婚了，我们都不甘心，最后约定，一定要到毕淑敏心理咨询中心请她看一看，看看我们的婚姻还有没有救。如果她也没办法了，我们就死心塌地地分手吧。如果她还能挽救我们的婚姻，我们会一起做最后的努力。现在，我们已经等了几个月了，从叶子发芽到叶子落下，请问我们还要等多久？什么时候才能轮到？你们的登记顺序能够保证足够的公平吗？会不会有人加塞儿……

当工作人员把这样的话转述给我的时候，我表面镇静，其实双肩绷紧，背部发烫，从身体到心理，感到了难以言表的压力。

我决定暂且从临床心理医生的岗位上退下，专心致志地写作。写一些有关心理学普及方面的小册子，希望能在这种分享中，和更多的人交流心得。比如那对就要离婚的年轻人，既然他们在分手之前，还愿意拿出长久的时间，来等待一个外人对他们的婚姻再做挽救的工作，我相信在他们的内心深处，对这份姻缘都还葆有最后的珍惜。他们可能也很茫然，不知道是如何走到了分手的这一步，缺乏自我疗治的能量。假如我的小册子，在他们的婚姻彻底崩塌之前，未雨绸缪地提示一点点注意事项和方法，是不是也是一种支援？

我绝大部分时间是坐在一张米黄色的沙发上倾听人们的故事，夜深人静书写记录的余暇，抚摸着沙发粗糙的皮面和光滑的腿，犹如触摸一个神圣的魂魄。倘若沙发有知，在浸泡过如此多的人间麻辣酸苦之后，每一寸皮革都已通灵。如果沙发此刻张口说话，为我指点江山吞吐迷津，我一点都不讶然。众多人间女子丰沛的感情和妖娆的智慧，已将一张普通的家具，滋养入了仙班。

有一伙记者曾经问我，在推开过如此多的女人心扉之后，你最大的感受是什么？

答，我已变得太老太老。

记者说，那您到底有多么老呢？老到什么程度了呢？

我估摸了一下说，大致有三千岁了吧。

看到记者脸上露出的惊骇之色，我知道这个数字吓住了他们。想想看，一个活过了三千春秋的老妇人，该是怎样的鹤发鸡皮形同鬼魅啊！

为了安抚记者的恐惧，我赶紧说，你如果觉得三千年太可怕了，你就改成五百年吧。

我觉得自己慷慨大方，一下子就删削掉了六分之五的沧桑年华，记者们总该魂魄归位安之若素了吧？

那天采访的不止一家媒体，经由不同的手书写发表出来，有的说毕淑敏自称已经三千岁高龄了，也有的说毕淑敏说自己五百岁了。数字差距这样大，很多人以为我已语无伦次。

一个个的女人把她们生命中的喜怒哀乐慷慨地赠予我，齐心协力地拓展了我生命的广博和深度，在这个意义上，我必须深切地感谢她们。

三千岁也好，五百岁也好，都是一种夸张的比拟，约略等于"白发三千丈"，"雪花大如席"，玩笑话。

终于，决定选择一种安全的方式，说出曾经的秘密。

我的作业：对于人性的看法

　　某天，林老师让每个学生写下自己对于人性的看法。

　　记得我的作业是这样写的：

　　我对于人性的看法：

　　人生而平等——这是我们的终极目的，此时此刻，在世界上的很多地方，它还只是一个梦想。

　　人性善——我宁愿这样相信，让自己的心灵安宁一些。虽然我深刻地知道，人性中有很多凶残的元素。

　　人生是不断发展变化的过程——这才让我们有希望，有念想，有期待。

　　人有自我成长的内在驱力——成长不是来自他人，

而是来源于你的躯壳之内。别推诿责任，也别寄希望于他人，这本来就是咱自己的事儿。

人有选择的自由，也须承担因此而产生的责任和义务。有自由当然是高兴的事儿，但自由不是没有代价的，这个代价就是责任。人们常常记得前一半，忘了后一半，这可不行。自由和责任是双胞胎。

人是值得信赖的。虽然，我被欺骗过很多回，知道有些人根本不值得信赖。不过，我依然愿意相信，人是值得信赖的。你可以选择不信任人，也可以选择信任人。我决定选择后者。对自己与对他人，要有深切的诚实，对社会有兴趣，对他人的福祉有关怀，有能力与他人真诚相爱，能推动人们在爱的关系中成长。

你不能要求没有风暴的海洋

　　痛苦和磨难，是人生不可分割的一部分。只有接受这一事实，我们才能超越它，更加看清生命的意义。

　　你说你不要这些苦难，那么生命也就失去了框架。很多自杀的人，就是因为没有理会这种意义，一厢情愿地认为生命是应该只有甘甜没有挫败的。特别是在恋爱早期那种汹涌的荷尔蒙带来的欢愉，让人把激情当成了常态。生命的常态，其实就是平稳和深邃，还有暗流。在最深刻的层面，我们不单与别人是分离的，而且与世界也是分离的，兀自踽踽前行。

　　生命的每一步都带着人们向死亡之境跌落，不要存在幻想，这才让你比较持久稳定，安然地居住在孤独中，胸中如有千沟万壑千军万马。只有接受这一事实，我们才能超越死亡，腾起在空中，看清生命的意义。

有一次，到沙漠中间的一个城市去，临行之前和当地的朋友联络，她不停地说，毕老师，你可要做好准备啊，我们这里经常是黄沙蔽日。不过，这几天天气很不错，只是不知道它能不能坚持到你来到的那一天。

我有点纳闷。虽然人们常常说，"您的到来带来了好天气"，或者说，"天气也在欢迎您呢"，谁都知道，这是典型的客套。个体的人，是多么渺小啊，我们哪里能影响到天气！

不过这位朋友反复地提到天气，还是让我产生了好奇。我说，不管好天气还是坏天气，我们都不能挑选。天气是你们那里的一部分，就是黄沙蔽日，也是你们的特色啊。

说者无意，听者有心。后来，这位朋友对我说，她听了我的话，就放下心来。我很奇怪，因为自觉这番话里，并没有多少劝人安心的含义啊。她说，我们这里天气多变，经常有朋友一下飞机就抱怨，闹得主客都很尴尬。

我说，坏天气也是大自然的一部分，就像每个人的

生命中都必定下雨，某些日子势必黑暗又荒凉。就像你
不可能总是吃细粮，那样你就会得大肠癌。你一定要吃
粗纤维。坏天气、悲剧、死亡、生病，都是生命中的粗
纤维，我们只有安然接纳。

你不可能要求一个没有风暴的海洋。那不是海，是
泥潭。

是劳累而非舒适，让我们充分满足

脑研究专家认为，是劳累而非舒适，让人们有充分
的满足感。

我是当医生出身，相信所有的感觉都不是空穴来
风，一定都有生物学的表达形式。如果我们目前还不能
确认此事，那是我们还没有找到，并不等于它不存在。

比如满足感和幸福感，一定是有一个物质基础的。就是精神，在我们的头脑中，也一定有一个复杂的形态呈现着。科学家已经初步分析出来了，幸福感的内分泌物质就是内啡肽。

也许很多人对这个东西感到陌生。这种事情讲起来有一点儿怪异，某个东西一直存在于我们肉身之内，强大地主宰着我们的幸福感和满足感，我们却对此几乎一无所知。这不是比在小学寝室中住着一位哲学大师，还让人不可思议吗？！

然而真实就是这样令人惊诧地可怕。

我1995年开始写小说《红处方》，算是国内比较早地关注戒毒题材的小说。其实，在这之前很久，我就很好奇：人为什么要吸毒？

纳闷啊！这有百害而无一利的行为，却是如此地蛊惑人心、泛滥成灾！要知道在中华民族的历史上，有过"第一次鸦片战争"，还有"第二次鸦片战争"。这充满屈辱的经历，让中华民族的子孙至今心存创痛。为什么我们会一而再，再而三地重蹈覆辙，自投罗网到鸦片这个魔王的手心呢?

这其中一定有强大的悖论,困扰着我们的祖先,也困扰今天误入歧途的人们。

我开始搜集各方面的资料。那时候,戒毒还是一个神秘而敏感的话题,资料也很有限,有些只能阅读,并不外借。我同图书馆的有关人员商量,能不能在阅览室中午闭馆休息的时间,将我锁在阅览室内,这样,我就能够充分利用时间,多看一些资料。

图书馆的同志有些犹豫,吞吞吐吐地说,这样做,有一个问题……

我生怕人家不允许,就赶快说,我知道那时阅览室里空无一人,你们怕图书丢失。这样吧,我临出馆的时候,你们可以搜身,我绝不会认为这是对我的不信任或侮辱什么的,我愿意接受这种条件。

图书馆的同志说,不是这个问题。我们相信您。问题是,您中午不出馆,到哪里吃饭呢?

我说,谢谢你们想得这样周到,我可以带一点儿饼干什么的,干吃面嚼嚼也可以。请你们放心我的民生问题，我自会解决。

那位同志和蔼地微笑了，说，我考虑的还不是您的民生问题，是阅览室里不可以吃东西。因为那样会污染了图书。

我连忙说，对不起，我忘了这个非常重要的方面。谢谢您提醒了我。我向您保证，我在阅读期间，绝不吃任何东西。

这回轮到她担心了，说，您要是从早饭后到晚上回家，一点儿东西都不吃，会不会低血糖啊？

我说，不要紧。我以前在西藏当过兵，吃过很多苦，拉练中一天吃不上东西，是常有的事。您尽可以放心。

我们就这样说定了，在此后的阅读中，我真的做到了滴水不进口粒米不沾牙，似乎也并不觉得饥渴。

在大量的阅读中，我明白了毒品对人类的致命诱惑，来自它的结构和内啡肽的高度相似。

当我们快乐的时候，身体里会产生内啡肽。这是一种奇妙的物质，让我们可以抵抗哀伤，掀起兴奋的波涛，让我们创造力勃发，充满爱心和光明感……内啡肽的好处还有很多，比如可以对抗疼痛、振奋精神、缓解抑郁等等。我相信每个人都有内啡肽高度分泌的时刻，那会让我们感到无以名状的喜悦和欢欣。

看到这里，大家要说，既然内啡肽这么好，要是能经常保持在这种状态就好了。

这是一个美好的愿望，但也潜藏着深刻的危险。这就是内分泌的规律，它电光石火般闪现，到了该撤退的时刻，就义无反顾地消退，并不让我们持续在激昂状态。它有张有弛劳逸结合，分泌的规律十分巧妙。

我听一个长跑运动员说过，在马拉松中，有一个奇妙的点。在那个点之前，你感到非常疲惫；一旦越过了那个点，身体就又会充满了活力，你又会感到振奋。当然了，可能没有人在长跑运动员的行进途中，分阶段地抽取血液，查看他们体内内啡肽的浓度。不过可以推断出的是，内啡肽的分泌大致经历了几个阶段：激烈运动开始，肌肉群做出了本能的反应。它们感到持久运动和强力收缩带来的不适和生化反应，迅即报告给体内的中枢机制。身体先是用疲惫感通知你，它不喜欢这种活动，因为让身体付出得太多了。你的意志表示要坚持，坚定不移地告诉身体，这样做是有意义的，你将矢志不渝地进行下去。我们以前说过，身体是很善解人意的，它们看到提醒没有效力，转而揭竿而起，掉转船头，开始全力以赴支持你的决定。这时候，内啡肽就应运而生，开始活跃地分泌出来，它要帮助你渡过难关。此刻，拐点出现了，你不再感到奔跑的痛苦，反倒前所未有地轻快起来。（运动员还会反复经历痛苦和坚持的过程。请原谅，所有例子都会有局限性。）

当你终于赢得了胜利，站在高高的领奖台上，听国歌奏起，无数闪光灯凝聚在你的身上，这个时候，内啡肽一定是汹涌澎湃倾巢而出，你会感到前所未有的骄傲和狂喜在激荡。

这就是内啡肽的分泌规则，凡人概莫能免。也许在经过训练的运动员那里，身体感到痛苦的节点会比较轻松地越过，想来他们对这个过程了如指掌。

也许有人会说，我也不是运动员，如何知道自己的内啡肽什么时候高度分泌呢?

这很好掌握。当你由衷地感到发自内心的快乐的时候,内啡肽就是活跃而充盈的。

有人说,我快乐的时光很少啊,是不是内啡肽就很微薄呢?

不乐观地说,真有可能就是这种情况。当我们抑郁的时候,内啡肽就变得十分稀薄。抑郁症的发病原因,至今还没有完全揭示出来,其中很有力量的一派学说,就是认为人体内的内啡肽和其他激素比例失调。

人生有高潮也有低谷。当我们享受到了内啡肽给予的快感之后,那种留恋和期待是可以理解的。正确的方式是,不断地形成正面的机制,让内啡肽的分泌进入一个良性循环。

打个比方说,如果科学活动能够让你的内啡肽高度分泌,当你再度进入这样的工作状态的时候,就会感到非常愉悦,沉浸在自我欢乐的海洋中。当然了,这种愉悦,并不是时时刻刻都一定是探索成功了,而是这个充满了未知的过程让你着迷,在前无古人的领域中摸索前行，你被好奇和惊喜感激励着。固然也有失败和沮丧，但你有一个坚定的目标，就会无所畏惧地一直向前。我们常常听到术业有专攻的人士说，他在从事这项工作的时候，并不感觉到辛苦，而是感觉到了巨大的幸福。我深深地相信他们所说的是肺腑之言。一个工作，如果带给人的只是苦难，很难自发地恒久地坚持下去。我相信大自然会给我们一个回报，这就是身体的配合，神奇的内啡肽正是自我奖励的勋章。

上面说的是正面例子，有没有不同的反面方式，也刺激着我们的内啡肽高度分泌呢？

有啊。比如，有的人一到哀伤的时候，就会饕餮一顿，然后比较不那么伤感了。我相信饮食刺激了他的内分泌系统，内啡肽也起了作用。究其原因，这样的人，往往在孩童的时候，就从父母那里接受了一个规律。孩子一哭起来，也许是病了，也许是感到害怕，也许是冷了孤独了，忙碌的家长第一个反应是——这孩子是不是饿了？马上给他吃奶喂食。或孩子哭了闹了惹人烦了，为了图清净，赶紧拿出一些好吃的，说，乖乖，你去自己吃东西吧，爸爸妈妈还有事呢！一来二去的，几乎所有的矛盾都可以用"吃东西"来化解，久而久之，幼小的孩子就形成了一个习惯，遇到问题，先吃一顿。尤其不开心的时候，大吃一顿引起内啡肽的分泌，让人比较怡然。进食就成了很多人简便易行的救急救命法宝。

有一个妈妈曾经同我说过，孩子病了人打蔫了，她不是拿体温表测体温，也不是检查孩子身上有没有伤痕或其他异常的征象，第一个动作是蹿到厨房，端过来孩子最爱吃的红烧肉。要是孩子一见了肉，就停止呻吟大口吞吃，她就松了一口气。这孩子没什么问题，就算是生了病，也是小病，没什么了不起的。要是孩子不肯吃肉了，她才会重视起来。吃饭是试金石，比什么医生诊断都管用。这位妈妈很权威地做了结论。

可以想见这位妈妈的孩子长大之后，很可能会把吃东西放在压倒一切的地位上。因为在吃的时候，他会强力分泌内啡肽。

同样的例子还可以举出一些。比如有的女子一遇到不开心的事，就会去逛街，狂买一堆乱七八糟的东西。

过后，大部分衣物都用不着，压了箱底，成了"购物狂"的证据。我认识一个这样的女生，每逢失恋，就去购物。后来，她会指着衣橱里色彩斑斓的衣服说，这件茄子紫的是跟第一个男友分手后买的，这件骆驼黄的是跟第二个男友分手后买的，这件蛤蟆绿的是第n次失恋后买的……我听得目瞪口呆，指着崭新的衣物问她，这些衣服你穿过吗？她拨浪鼓一样摇着头说，没穿过，一次也没有穿过。我问，那这些衣服得花多少钱啊？她说，没算过，大约总有上万了吧。我说，那以后你还会穿这些衣服吗？她说，我才不会穿呢！一穿就会想起伤心的往事，不是自找没趣嘛！我心疼地说，这多浪费啊，多不值啊。该女孩子凤眼一瞪，说，毕阿姨，这您就有所不知了。这些衣服虽然我不曾穿过，但这个钱花得值。因为我当时非常痛苦，几乎难以自制。到街上花出一大笔钱，抱着满怀的衣服回家，我就有了一种满足感，我的不快乐就渐渐地消散了。从这个角度讲，我这一万块钱花得值。要不然，把我给憋病了，一万块钱都用来买药，没准还医不好我的病呢！

我不再出声，明白自己又碰上了一个内啡肽在特殊情况下分泌的例子。

其实，我们只要下点功夫，就会找到自己这种快乐物质分泌的小秘密。

我曾经看到过一个杀人犯，他说当他在杀死别人的时候，感到一种非凡的快感。如果几个月不杀人，就会手指头发痒，浑身很不舒服。于是他会毫无理由地向无辜者动手，只为了获取畸形的快感。这太可怕了，他的内分泌系统已经跟杀戮相连。

有的人用高速飙车带来幸福感，这也是比较可怕的方式。长久下去，出意外的概率极高。

有的人用旅游和运动来分泌内啡肽，这还是个不错的方法，不过，要量力而行。

如果说用吃饭和花钱来织成自己的内啡肽分泌网，虽有欠缺之处，毕竟结局还不是太悲惨。了不起是自己的减肥计划一次又一次地泡汤，是自己存不住钱没法理财，后果基本上还在可控范畴之内。如果异想天开地人为追求大量摄入使人快乐的物质，就会卷入药品依赖的黑旋涡。

自然界有一种妖娆的花，叫作罂粟。从罂粟浆汁中，可以提炼出一种物质，这种物质进一步提纯，就成了吗啡。你可能会发现，吗啡和内啡肽都有一个"啡"字。是的，它们的分子结构很近似，是近邻。

吗啡进入人体，就起到了内啡肽的作用。只是这种啡肽，不是身体内部精细地产生出来的自给自足的分泌物，而是外界进入的超大剂量的作用强烈的刺激物。

你可能要说，那不是让人感觉非常快乐吗？

我要非常诚实地说，在开始阶段，的确是这样的。在很多戒毒的书籍里，对这一阶段的危害性警示不够，它没有告诉大家，在吸毒的第一阶段，吸毒者的确是感到非常快乐。这种快乐，比你已经经历过的所有快乐的总和还要更强烈持久。因为这种外源性的药品，来势凶猛，功效强大，比机体辛辛苦苦分泌出的那点内啡肽，要凶悍多了。打个比方，如果说内啡肽是涓涓溪流，吗啡就是滔滔洪水。

这一个阶段最具欺骗性。因为吸食毒品的人，有种种心理上的不健康，他们或是自视甚高感到孤独；或是家庭事业种种不如意，正处在命运的凹陷处；或是结交了一批损友，气氛诡谲，虚无颓废；或是……

总之，这些人对人生多持怀疑、消极或是狂妄态度，对种种有关毒品的宣传教育，充满了嘲讽的逆反心理。当刚刚吸食毒品的时候，并没有即刻感到毒品的害处，反倒欣喜异常，于是沉浸其中，以为自己不会中毒，是一个幸运的例外。

世上没有不劳而获的事情，对幸福愉悦的感受也是如此。你不付出艰苦的努力和辛勤的探索，就想坐享其成，并且贪得无厌，索要更大的感官享受，必将受到惩罚。这种假冒伪劣的幸福感是不能持久的。外源性的吗啡很快就让机体产生了适应性，相同的剂量不能达到那种飘飘欲仙的感觉，贪婪的人为了攫取更多的愉悦之感，只有加大毒品的吸食量，这就很快沉入了无底深渊。这个时候，吗啡就不再提供虚伪的快乐，而是源源不断地供给惨烈的痛苦了。

我看过一幅宣传戒毒的宣传画，把罂粟花画成了妖精。我觉得说到底，不能把责任推诿到一朵无知无觉的花上面。在没有人类存在的时候，这种植物就已经生存了，它也并没有给人以外的任何生物造成过如此荒诞的威胁。所以，有罪的并不是一种能提炼出生物碱的植株，重要的是你对幸福的理解和获取幸福的途径要正当。

适宜强度的劳动会产生内啡肽，这是一条定律。如果总是闲适，机体分泌不出足量的内啡肽，就会影响健康。从这个意义上讲，劳动不单是光荣的，而且是必需的。

为自己培养出健康的内分泌习惯，是现代人的精神课题。

一定有本书是你的至交

在某种程度上，对于书，我们握有强大的生杀予夺之权。我们是这本书的上帝，可以随心所欲地翻到任何一页，想看就看，不想看可以立马翻扣，让这本书的作者顷刻给我闭嘴。不论他是怎样显赫的圣贤，还是席卷天地的畅销，只要我们不喜欢，分分秒秒就能把它砸入深渊。只要我们愿意，就可以永远把它打入冷宫。如果还不解气，就可把它当作废品卖掉，让它粉身碎骨化为烂浆。如果还余怒未消，可以把它一页页撕得粉碎，让它随风飘逝。仍是无法宣泄心头之恨，可以把这本书的碎屑冲入马桶，让它和世界上最污秽的东西做伴，再也不得翻身。倘还觉得不够，尽可以大骂作者，逢人就讲他的坏话，尽你所有的能力诅咒他……

看我写到这里，想必有人会大笑起来，说，至于吗？一本书，想看就看，不想看就算了，犯得上如此吹胡子瞪眼雷霆万钧嘛！

作为一个作者，我对自己每本书的命运，都曾设想过以上的种种局面。

不过，我不生气，也不气馁，我还在不停地写着。即使最不堪的结果出现，写作这件事也是有意义的。书没有侵犯性，它的本质，是一张张写着某些文字的纸，它是温存的，甚至是弱不禁风的。

我相信，有一本书，一定藏在远方。它是你的至交，它的肚腹中藏着一句话，有可能改变你的一生。

关于书的妙用，咱们古代的人早有心得，什么黄金屋啊，什么颜如玉啊，什么千钟粟啊……仔细分析起来，主要还是为了解决性欲和食欲问题，对精神方面的描述，好像没有现成的指教。其实，书最大的魔力，在于它能改变我们精神世界的架构，进而影响我们的行为方式，最后甚至扭转我们的人生轨迹。

为什么看似单薄甚至不堪一击的书本，却在某种程度上很容易改变我们呢？我想，在常常被人们论及的原因之外，也许还有以下的方面吧。

你不认识作者。你对书没有戒心。在接受理念的时候，我觉得太尊敬和太叛逆，都不是好事情。太尊敬了，就隔着一道天堑。彼此的地位大相径庭，不具备可比性，容易让人敬而远之，觉得彼此境况可比性太差，适用于你的不一定适用于我，甚至是肯定不适用于我，被尊敬引到另外的岔道上。至于太叛逆的时候，那是谁的话都听不进去，灵魂的抽屉已塞得满满，没有任何空隙再放入一片A4纸。

　　只有当我们漫不经心的时候，所有的警戒都已放下，懒散着，安全地翻着书页，润物细无声的改变反倒容易发生。以这种方式进行交流，让人放松。

　　人在放松的时候，人的潜意识，就像池塘里的小鱼，快乐地游动起来。人们的绝大部分生活深受潜意识的控制。潜意识是很独特的东西，很多时候，它比我们的意识还要健康。它善良，聪敏，不墨守成规，不固步自封，甚至也不自卑。它更能分辨什么是对这具躯体有用有好处的东西，什么是废物和有害的毒剂。

　　当书中的某一句话，在不经意之间，和你的潜意识发生轻轻碰撞的当儿，那是一个美妙的时刻。有一些很重要的你未曾意识到的改变，就在电光石火中产生了。速度之快，比百米竞跑中的博尔特还要神速。

　　在改变别人生活轨迹的力量中，以不被人察觉的方式出现，这是影响力。以显而易见的方式出现，就是权力。说到书的力量呢，好像这两者都不是，是你自己的顿悟和书上的字吻合了。

完成一套精神的太极

那些最让人伤痛的思想、恐惧、感受，一旦通过你的笔端落到纸上，它们让人震颤的魔法，似乎渐渐褪色，隐去了很多杀伤力。你可以每天都这样做，就像完成一套精神的太极。

不要小看了文字的魔力，我相信我们的老祖先在创造汉字的时候，就把一种力量蕴含在里面了。你写下的时候，才会发现自己并不是那么孤独。起码当年创造这个词的人，他体会过和你一样的困境。不然，他也就无从诞下这个生动的词语。

你还会相信，数千年中，一定有很多人用过这些字词，它们如同古老的旧家具，不但结实，而且闪着汗水摩挲之后生成的紫红色包浆。你或许不再孤单，有那么

多的先人已经走过这片泥沼，你只要从容，也可以跋涉
而过。

我特别记得"椎心刺骨"这个词，当我用它来描述
我失却亲人的极端苦楚时，我怔怔地看着它，呆若木
鸡，心想，原来，在我之前很久，也曾有人痛到滴血，
痛到发疯，痛到恨不能粉身碎骨万劫不复。

我仰望苍天，知道这痛苦是爱的一种体现，我们不
必逃避，也不必企求它快快散去。

心是可以椎透的，然后再一寸寸愈合。

骨头是可以刺穿的，然后再一分分对接。

等待时间，等待爱的升华，等待我们可以说出痛苦
的那一天，等待肝胆欲裂刻骨铭心令人昏厥般的痛楚，
化作连绵不绝的推力。

发出清凉的荧光

病痛并不是惩罚，活着也不是奖赏。同理，死亡也不是失败。这都是人生的必然，你只有安然接受，寻找出黯淡中的色彩，并长久地保持美丽的荧光。

不要害怕疼痛，疼痛说明你还有敏锐的神经。不要给死亡涂抹上猥琐的蓝光，那是我们必然的归所，人生的最后一站，理应壮观华美。

为什么是荧光，而不是其他更光彩夺目气焰万丈的光芒呢？例如霞光、闪电之光或是北极光呢？

我曾在东北的山林中，在一个凉爽的夏夜，在层层叠叠的树丛中，看到过无数的萤火虫。它们飞舞着，把极小极弱的冷光，带到更暗寂的角落。

那光没有温度，没有四散的星芒，连亮度都是不稳定的，然而它们不倦地闪烁着，给山峦带来生机。

我对自己的人生没有奢求，能发出一点清凉的光，心已足矣。不借助外力，也不炫目，但竭尽所能地亮着。中国古代有故事说"囊萤映雪"，讲的是把很多萤火虫的光斑聚集起来，能让一个苦孩子看清书上的字迹。

这就是生命朴素的意义了。只要你曾不遗余力地让自己的生命发出过一束光芒，就不必再害怕死亡。

宁静有一种特殊的力量

宁静有一种特殊的力量，就是不管外界怎样变化无常，都能让你的躯体自在平和。就像一艘在狂风巨浪中保持着稳定的船，你难道不惊异于它锚链的深度和船体的坚固吗？

我喜欢宁静的风景和宁静的人，这使我怡然。我的老师林教授曾经帮我分析过这种爱好的形成。她说，你是不是因为在西藏待得太久了，雪山和冰峰静止不动，久而久之，也就养成了你寂静的性格？

我承认她说得有道理。不过，我的幼儿园老师曾说过，我从小就是一个安静的孩子。

真的是这样吗？我不知道。我知道自己的心里常常翻涌着惊涛骇浪。我知道这是我必须经历的，并不害怕。但我不会很激烈地把它表达出来，我觉得有一些事情要出现，就让它出现好了。我不能阻止它们，但可以平静地面对它们。

我在西藏的高原上，看到过这个世界最为纯净的水。它们来自亿万年前的冰川。我常常站立在波涛翻卷的狮泉河边发呆，心想，水的力量和生命是多么伟大啊。它们历经沧桑，仍然珠圆玉润，没有一丝疲惫和倦怠。看不到些许的伤痕，更没有皱纹和白发，永远年轻地喧嚣着，如同新生的那一刹那。

我原来是很敬佩山的，但和水相比，山的自我修复能力要差很多，它们只能不由自主地风化下去，不可复原。山只能沿着一条没有回头的路，照直地走下去，大块的岩石崩塌，化为细碎的沙砾，然后继续颓弱，变作齑粉样的泥沙，再衰变为黄土……

　　人的心，还是像水吧。可以受伤，但永远有痊愈的力量。在大自然面前，人什么都无须保留，只需堂堂正正即可。

闭阖星云之眼

　　青年时代，我曾经有一段时间是一个悲观主义者，这也许是和我在西藏高原的经历有关。高原太辽阔了，人力太渺小了。雪峰太久远了，人生太短暂了。有时真是生出无上的悲哀，觉得奋斗有什么用呢？百年之后，不还是一抔黄土？一个人的力量太微薄了，太平洋不会因为一杯沸水的倾倒而升高温度，这杯水却永远地消失了。

后来，我知道这种看世界的角度，被哲学家称为"银河"或"星云之眼"。从这个位置来看，我们和目所能及的所有生物都是微不足道的，一切奋斗显得荒凉和愚蠢，结局和发展都充满了不可言说的荒谬。一个人，和一只蚂蚁一条蛆虫没有任何分别。从星云和银河的角度来看，人类轻渺如烟无足挂齿。

这只眼振振有词，在逻辑上几乎是无懈可击的。你若真要遵循了这只眼的视角，会从根本上使生命枯萎凋落。

一些好高骛远的人，在遭受失败的时候，会拾起这只眼为自己开脱。因为所有的努力和不努力都混为一谈，他的失败也就顺理成章。一些胸无大志的人，在沉沦和荒靡的时刻，会躲在这只眼后面为自己寻找借口。因为一切都在虚无中，他的荒废光阴也就有了理论支点。一些游戏人生放弃光明的人，在黑暗中也眨巴着这只眼，似乎一切都是梦，清醒和昏迷并无分别……

　　你不要小看了这看似遥远而又神秘的星云之眼，如果你长期用这只眼注视世界，就会不由自主地灰心丧志。持久地沉浸其中，还有可能放弃生命。当我们从生活中抽离，成为袖手旁观的旁观者之时，所有世俗的欢快和目标，就变得轻如鸿毛。

　　闭阖星云之眼吧。因为那不是你的位置，那是神的位置。摒弃那高处不胜寒的孤寂，回到充满生机又复杂多变的人间吧。僭越是危险的，我们今生为人，是一种福气。珍惜我们明察秋毫的双眼，可以仰视星空，却不要让自己轻飘飘地飞起来，到达星云的高度。那里，据说很冷，很黑，很荒凉。

　　那些让我们感到有内涵有勇气有坚持力的人，我坚信他们是有理想的。人很怪，只有理想这种东西，才能够提供源源不断的动力。

你可以永不原谅我

内心的慈悲和善念，安详澄澈，那是抵达天堂的云梯。

我没有爬上过天堂，我爬过冈底斯山。那是一座至今没有被人征服过的高山，外形像一座巨大的金字塔。在佛教中，冈底斯是一座圣山，是众多神祇和小须弥山的所在。

我在西藏阿里当兵，酷寒之中的攀登雪山，让我生出几乎自戕的念头。爬山时手脚并用，仰面呼吸，若有丝毫大意，就会长眠在雪山上，成为冰雕。

冈底斯山的确非常美，美到让人不敢喘息。那里就是天堂吗？我不知道。但我想，我们每个人都可以在心中修筑善念，那就是我们的天堂。

太年轻的时候，充满惆怅。那时候的我，常常有不合实际的幻想，自高自大。总觉得应该有什么天大的好事，降落在自己头上。总觉得应该有法力无边的贵人，为我遮风挡雨指点迷津。

后来，我知道了人应该立足于自我，勤勤恳恳地努力，不必抱怨。摆在面前的苦难，也是上苍让你补充能量的小点心，笑纳就是。

我经常会接到很多来信，多半是年轻人所写，很恳切，希望得到帮助。帮助化成具体的要求——希望得到金钱，希望得到推荐，希望能给他或她介绍一份体面而报酬丰厚的工作。

一个农村女孩在信中说，我是专门买了一本油印的名人花名册，才找到了你的地址。花了我十元钱，那是一笔不小的开支啊。那么多的名人，我为什么单单挑中了你，给你写信？因为我在电视上见过你，觉得你很面善。希望你不要辜负我的信任。我已经给你写了三封信，都没有退回来，可见那个地址是对的。你为什么不给我回信呢？你不愿意帮助我吗？我天天都在等着你寄给我的钱，或是让我到哪里去上班的喜讯。我在村口的树下等着乡村邮递员，希望他绿色的邮袋里有你写来的回信……

我非常内疚。信件众多，我不记得在这之前见过她的两封信。

我也有过这种望眼欲穿的时候，那种心急如焚的期待，让人苦不堪言。我给她回了一封信，请她不要把希望放在虚无缥缈的想象上面，唯一可靠的是自己的力量。

我至今想起这个女孩子的话，内心还是充满了哀伤。我不知道她后来如何了。因为我最终也没能寄钱或给她找到工作，她也许要骂我吧？

然而，就是挨骂，我也依然觉得人要自力更生。总有人企图用手掌接住闪电，绾一个光芒四射的结儿，那是美丽的妄念。我不能助长一个我不赞成的倾向。非常抱歉，你可以永不原谅我。

人间大美

人与人在心灵深处交流的时候，会有一种美，大美。

美有很多种，母子之间的美，夫妻之间的美，亲人之间的美，都令人心旷神怡。不过，每逢遭遇素不相识的人之间心灵契合的时刻，我都会闻到灵魂蒸腾的芬芳。为此，我感谢我生而为人，能领略这种美好。

夸奖人的时候，不可静如秋水，要七情上脸。不要以为喜形于色是不老练的举动，别人的进步，值得我们为之欢欣鼓舞，并且让对方毫无疑义地感知我们的赞美与欢愉。

我们与人分享经验和心得的时刻，是无比美妙的体验，你可要倾心尽意。我们听到别人的分享，也应如是。因为与生俱来的孤独，会在这种分享中得以舒缓，获得宽慰。这种同在一条船上的感觉，让我们觉得彼此关系密切，情同手足。自己的成功可以给别人借鉴，别人的成功可以给自己启示，让我们都拓展了视界。看到了事物可以千差万别，不断变化，我们就增加了前进的勇气。

可否让我陪你哭泣

我们的身体里面居住着我们的心理，
它们水乳交融互通有无，
在暗地里主宰着我们的生涯，
而我们常常一无所知。

我的恋爱为什么总是无疾而终

我开诊所的时候，有一天来了一位美丽的姑娘。她的外表看起来几乎无懈可击：身材玲珑有致，充满了女性的味道，但绝不张扬。皮肤有一种珍珠般的柔和光泽，莹莹闪光而不烁目，头颈上下浑然一体，没有任何泾渭分明的色差界限，看得出是天生丽质，不是蜜粉涂抹化妆所为。五官很清俊，搭配在一起，鹅蛋脸，柳眉入鬓，只是嘴巴有点大，和中国古代的仕女形象有一点区别，但我知道，如今大嘴巴正是性感的标志。一袭粉蓝色的职业装，双腿优雅地叠架在一起，浑圆的膝盖在剪裁贴身的高档毛料下，若隐若现。我们就称她为梓怡吧。

梓怡款款说来，我是从国外回来的，我知道心理医生是干什么的。不一定非要出了大问题，比如抑郁症或是要自杀什么的，才来看心理医生。我在一般人眼里很正常，甚至是太正常了。我要求教您的也是一个很正常的问题，就是——我的恋爱为什么总是无疾而终？刚开始交往得好好的，彼此都谈得来。但是深入接触之后，那些男子就都退避三舍了。真的，不是我不愿意，都是他们先打退堂鼓了。您可以想见这样的结局对我的打击有多大，也许说是打击，也不完全准确，更多的是好奇。我怎么啦？我难道配不上他们吗？我各方面的条件都很优越，说实话，我跟他们交往，已经抱了一种下嫁的姿态。我有国外的文凭，收入很高，自己有房子有车，其他的硬件条件，您也看到了，不是我自夸，真的也是百里挑一呢。而且，我也很会示弱呢！

我有点惊奇，轻声重复道：示弱？！

她说，对啊，我会把我的收入打个五折，不然太高了，会让男方自卑。我也会心甘情愿地跟着男朋友到小馆子吃饭，要知道我平日出差，都是五星级酒店呢！我并不怕吃苦，但该让男士有表现绅士风度的机会，我是一定留给他们的……刚开始交往不久，我就会督促他们给家中的老人买礼物贺生日。倒不是我故意要装出贤惠的样子，实在是我也常常惦念自己的父母，希望大家都能有一颗孝顺之心……您说我做得还有哪些不够呢？真想不明白。

现在，不但是梓怡想不明白，连我也一头雾水了。我想，莫非那些个男子真是有眼无珠，这么好的一个妙龄女子，为什么他们却不知珍惜？

心理咨询需要过程，第一、二次见面，我们只能是互相了解，建立彼此信任的关系。临走的时候，梓怡拿出钱夹，说我要送您一件礼物。我说，你已经按照规定交纳了费用，我不能再接受你的礼物。她微笑着说，这不是一件平常的礼物，您一定要收下。说着，她拿出一张相片。这是她本人的艺术照，照片上的梓怡，更是光彩照人。我只有收下，当面拒绝接受一个人的照片，几乎等于宣战。

咨询的频率是每周一次。在其后几天，我常常会看着梓怡的照片愣神。这样姣好的一个女子，居然很可能寂寞老去，问题究竟出在哪里呢？

终于，我找到了一个方向。梓怡下次来的时候，我说，看来你是很喜欢照相啦？她说，是啊！哪个不喜欢挽留青春呢？我说，如果不保密的话，能不能把你自己的闺房照下来给我看看？特别是墙壁的颜色。她说，这有什么难的！我装修得可精美了，也非常舒适，每个屋子的色彩都不一样。对了，您要这些图片有什么用呢？我开玩笑说，我也要装修房子，猜想你的家一定很有创意，很想学习一下呢。几天后，梓怡用电子邮件把她家的图片发来了。看得出来，她很细心，把边边角角都照了下来，的确是匠心独运，有很多机灵的小点子。其实，我是醉翁之意不在酒。

再下一次我见到梓怡，我说，那些男士离你而去的时间，让我来猜一猜。梓怡说，好啊，心理学家有的时候也兼算命吗？

我说，这和算命无关，只和我的一个小小推断有关。我猜他们先是和你交往了一段时间，彼此感觉都不错。然后你们约会的场所，就从公园酒吧、咖啡厅等公共场合，转到了比较私密的空间。

梓怡说，您说得一点都不错。我们总不能在凛冽寒风中在街上走来走去吧？他们会邀请我到他们家去，但是在关系没有最后确定下来之前，我不愿早早地就见到他们的亲属，那样留给自己选择的余地就比较狭小了。我希望婚姻这件事的按钮，始终在两个当事人自己的手中，这才有最大的自由。既然他们家不能去，那么到我家就比较合适了。况且，我看到一些教女孩子如何谈恋爱的书籍上写了，约会不要到陌生的地方去，要到自己熟悉的地方。您说，还有什么地方比自己的家更熟悉的呢？在我的家里，我会更安全，也更自在。

我点点头，表示深深地赞同。我说，但是，悲剧接着发生了。当你以为恋爱关系稳步向前推进的时候，男方突然表示撤退了……

梓怡哀戚地说，您如何知道的？正是这样啊……我莫名其妙，不断地追问这到底是为了什么，可他们就是不说，逼急了，就丢出一句：你一定能找到比我更好的人！这叫什么话嘛！推诿逃避，连说一句真话的勇气都没有！梓怡生起气来。实话实说，梓怡就是在生气的时候，也是楚楚动人。

我说，我倒是猜出了一点苗头。

梓怡很惊讶，说，您认识他们之中的某一个人吗？

我说，不认识。可我这里有照片。

梓怡真是一个对照片很有兴趣的人，她立刻打起精神，凑过来说，谁的照片？

我把洗出来的照片摊在沙发前的茶几上，梓怡只看了一眼，就说，这有什么可看的？这不就是我发给您的我家的照片吗？

我说，对啊。你的家，你自然是最熟悉的。但最熟悉的东西，你却未必最能认清它。你看看这墙壁……

在所有的墙壁上，都镶有梓怡的大幅照片。有娇媚的，有哀怨的，有若有所思的，有充满期盼的……我说在"所有的墙壁上"，并没有夸张，就连卫生间的马桶上方，都有梓怡的靓照在俯视。在这样的地方如厕，闹不好会排泄不净。

梓怡是聪明女子，她若有所思地说，这有什么不对吗？这是我自己的家啊。

我说，对啊，如果这儿永远只是你一个人居住和观赏，也许问题并不很大。但是，你让另外一个人走进了你的家门，在这样一个高度自恋的氛围中，那个人很可能感到压抑。这里是你的一统天下，没有他人喘息的空间了……

梓怡的故事到此为止，结局大家都可以猜得到。后来，她结婚了，对爱人非常满意。她给我打了一个电话，说，我知道心理医生的规矩是不能和来访者有密切关系的。我如果请您来参加婚礼，我以后有了什么问题，就不好再求您帮助了。所以，为了我以后还能在为难的时候找到您，我就只打了这个电话告诉您我的婚讯。

我说，好啊，祝福你。

直到现在，我再也没有接到梓怡的求助。想来，她一切都还好吧。

如果你有很多美丽的照片，请不要把自己的家变成展示这些照片的博物馆。那无意中将是一种排斥他人、唯我独尊的信号，说明你的世界里充满了你，让人却步。高傲自恋的女人，在让人欣赏的同时，会让人远离。男人和女人都对高度自我的人，敬而远之。

为什么很多优秀女子都抱怨找不到合适伴侣

不要忽视你身边太熟悉的人，宝藏往往就埋藏在你周围。这种忽略眼前、好高骛远的人，基本上也是忽略自我的人。当你看不起自己的时候，你也看不起周围的人。

很多女子抱怨自己找不到合适的伴侣。她们期望着优秀，不断地磨砺着自己的优秀。优秀的女子都希望找到的男子比自己更优秀，殊不知在这场觅宝的过程中，等待并不是最好的策略。你在寻寻觅觅，很多手疾眼快的女子，已经把青青的果子摘下来，放在自己的篮子里，等待成熟。

一个女子要找到一个男子，如同一个螺栓要找到一个螺帽。这个比喻虽然没有"肋骨"那样血肉相连，倒是更符合工业社会的氛围。

我觉得大龄女子们常常忽略了一个基本事实。我这样说，并不是嘲笑她们的智商，而是有好几次我把这个道理讲给她们听的时候，她们脸上的惊奇之色，让我很是心疼。所以，我就不厌其烦地在这里再讲一遍，你如早已知晓，就跳过去好了。

齐眉三十岁了，真是一个好姑娘。那张脸精致得无可挑剔，只是眼角已经有了极细小的皱纹。她是社会学的硕士，在一家很好的单位任职。她说，我就想不通，那些好条件的男士，怎么就匆匆忙忙地把自己处理掉了，而不等等我们呢？

我说，齐眉你是哪一年生人？

她说，毕老师，现在是2008年，我三十岁了。您可以算出我是哪一年出生的。

我说，还是你自己告诉我吧。

齐眉小声说，1978年。

我说，你要找的男子大约是多大年纪呢？

她说，年龄不能太大吧？最多比我大五岁。

我说，能不能选择年龄比你小一点的男生呢？

她思忖了一下说，最多只能小两岁。

我说，好了，我们对男子年龄的要求已经算出来
了。他们大概是1973年至1980年出生的男子。

我又说，你对他们的身高有没有要求？

齐眉说，当然有要求了。我身高一米七，他总不能
比我矮吧？还要算上高跟鞋的高度，我就算不穿那种鞋
跟特别高的，三厘米的高度总是要有的。夏天，我还喜
欢戴美丽的帽子，这样，他起码一米八以上。我说，好
的，我都记录在案了。学历呢？

齐眉笑起来说，这还用问吗？我都硕士了，他最低
要和我一样，最好是博士、博士后什么的。

我说，还有吗？

齐眉说，当然有了。他得是城里人，不得有一大帮子乡下的穷亲戚，那样我们家不得开旅馆啊？父母得是知识分子，最好是教授。不要官员，官员一退下来就什么都不是了。他得有房子，起码要三室一厅，不然将来有了孩子，还要雇保姆，都在哪里住呢？这要先考虑周全。要有车，虽然不需要是宝马奔驰什么的，但夏利和捷达肯定不成，本田和凯美瑞差不多。爱好体育，不能有啤酒肚、罗圈腿什么的，平足最好也没有……五官要端正，人品要好，不吸烟、不喝酒、不打麻将……收入嘛，年薪在十万元以上……

齐眉意犹未尽，还想补充点什么。我赶紧说，咱们暂且打住，你看我现在把对方描画一番，你听听看是否全面。

该男子年龄在二十八岁到三十五岁之间，身高一米八，书香门第，硕士以上的学历，家是城市的，有房有车。品行好，相貌好，收入好，工作好，没有不良习气，忠于老婆……

齐眉笑起来说，我可没说要忠于老婆。

我说，那么你愿意找一个不忠诚的男子啦？

齐眉说，我没说，不等于我没有要求。我觉得忠诚是不言而喻的。

我说，这样的男子好不好？

齐眉说，当然好了。这是我多年以来制定下的标准，无懈可击。

我说，你按照这个标准寻寻觅觅，直到现在还是单身，看来是没有找到。

齐眉说，找到了一个。

我说，那为什么不赶紧抓住他，把自己嫁出去？

齐眉深叹了一口气说，我找到他的时候，他已经是别人的老公了。我不能做那种没有道德的事情。况且，我真的向他示爱，他也许不会接受我。因为这样的人，对自己的家庭是很有责任感的。

我说，齐眉，咱们现在已经逼近了结论。你觉得这样的男子好，我也觉得这样的男子好，但这样的男子在人群中的比例，是十分稀少的。也就是说，你要求的是一个小概率的事件。中国男子的平均身高是一米六九七。中国这些年来培养出的硕士、博士以上人才，总共一百万人，只占全部人口的百分之一以下。这其中还包括女性。你所要求的身高学历两项，就把很多人删去了资格。然后还有城市户口、有房有车、年薪、家庭背景等条件，说句悲观的话，我觉得一千个未婚男子当中都难得挑出一个。这个概率太低了。

而且，你要注意，这是不能增产的。因为那些螺帽不是现在制造出来的，是早在三十五至二十八年以前就出厂了，没有办法增加配给。你只有在这个框架中挑选。你刚才说的那个例子就很典型，好不容易碰上了一个，结果早就成家立业成了人夫，你没法插足了。

说句实在话，在恋爱心理方面，男子和女子是不相同的。男子其实并不一定要找个有地位、有学历、收入高的女子为妻，他们可能更看重的是女子的温柔体贴、贤惠和顺。对于自恃条件优越颐指气使的女生，未必就趋之若鹜，曲意逢迎，百折不挠，再接再厉，生命不息，追求不止。

说句不客气的话，你知道这样的男生条件好，别人也知道。这不是一个秘密，不可能藏着掖着，而是公开摆在那里，路人皆知。那些想借着婚姻这"第二次出生"来改变自己命运的女子，在这个世上大有人在。她们更具有敏锐的嗅觉和求生的本能，能更全面地具备生存的智慧，她们往往谋略更早，出手更快，更会审时度势，发现那些潜在的绩优股。更不消说齐眉你所要求的这种显而易见的卓越分子了。

试想一下，如果早市上有一把更青翠更水灵更茁壮的芥菜，是不是那些早起的主妇会抢先把它拣到篮子里呢？这就是婚姻的法则，你已经失去了先机，现在，要在新的形势下制定新的策略。

齐眉有点慌了，说，我不愿委屈自己。

我说，这不是委屈自己，只是适当地调整而已。

齐眉说，我想不到自己的标准中哪一点可以调整。

我说，我看最可以调整的就是男子的身高。

齐眉说，我觉得这一点最不可商量。

我说，为什么呢？

齐眉摇头叹气道，身高这个东西，没有一时一刻能逃得掉，只要你一睁眼，就看得到。一个矮个子的人，总在你面前晃啊晃的，叫人多闹心啊！拿不出手啊！

我说，这就是你的心理感受了。世界上有很多身量矮小的男人，都做出了很大的成就，比如邓小平，这些我就不多说了。我想问你的是，你知道女子选择配偶，为什么首选高大的男子吗？

齐眉说，赏心悦目啊！

我说，这肯定是原因之一，但不是最重要的原因。况且，就连这一条，也是长久以来的文化所形成的。世界上并没有什么规定，说人是越高大越好。

齐眉说，这我可就有点不明白了。您告诉我，也许有助于我早早嫁出去。

我说，人们为什么喜爱高大的男子，这要从人类的进化谈起。在远古的时候，条件非常艰苦，几乎没有工具。人们在狩猎和保卫营地的时候，当然是高大的男子比较占优势，他们有更多存活下来的机会。就是受到野兽的攻击，倚仗着身高腿长，奔跑起来速度更快，这样就能有更多的机会逃脱。作为繁衍后代的女子，为了自身的安全和后代的保障，当然是找这样的伴侣比较保险了。人们就把这样的观念一代代地传了下来，现在的女孩子们就被动地接受了这个潜规则，并不去想想它有多少合理性。

齐眉若有所思，说，古代人的智慧到今天难道过时了吗？

我说，时过境迁。即使是在古代，要想得到最大的安全，也不是光凭着体力的优越就可以存活下来的，还要靠脑子灵活身手矫健，这是毫无疑问的。证据之一就是那些矮小的男子，并没有被这种残酷的生存法则淘汰光了，他们依然生机勃勃地存在着，而且这种动脑的优势越来越明显。到了现代，摆脱科学技术的帮忙，纯粹运用体力就可以得到最大收益的行当，是越来越少了。反之，需要动脑筋拼智商的事业是越来越多了。比如使用计算机，你很难说一个一米八的大汉，就一定会比一个一米六的小个子，操作得更熟练。比如拿出一个最好的创意和设计方案，基本上也和该男子的身高没有关系……也就是说，现代社会让身高这个因素逐渐淡化了……

您说得有道理，可是不全面。要知道，身高不是淡化了，是更强化了。如果我告诉别人，我找的男朋友身高还没有我高，那我还不得被人笑话死了？！齐眉反驳我。

我从这反驳中，听出了曙光。齐眉已经在认真地考虑这个建议了。我说，你估计得不错。现代传媒的力量很大，他们总是把一些身材高大的男子汉，展现在银幕中，逼人仰视。这是影视附和人们潜意识的结果，反过来它又把这种潜意识变成了触手可及、活灵活现的屏幕真实。作为一个现代人，要有火眼金睛，识别这种种光怪陆离底下的真相，然后从容地按照自己的心愿行事。

齐眉半晌不语。然后说，我明白了，试试看吧。

我说，好啊，你的名字很好，祝贺你找到另一半，让那个成语找到另一半——举案齐眉。

玫瑰花盛开在不同的字典里

通常有恋爱中的男生，说不明白为什么女朋友为了一句话或是一件小事，就吵吵嚷嚷地要分手，或是采取冷战策略，来个不理不睬。

有一次，我在心理诊所接待了一个因为失恋而抓耳挠腮的青年男子，名叫小耕。小耕开门见山说，我到您这里来，不是为了解决自己的心理问题，只是想请教一下，我采取什么方法才能让女生回心转意。或者说，我不想和您说我自己心里想的是什么，因为我是怎么想的并不重要，重要的是她心里想的是什么。如果您也不知道，您就要帮我猜一猜，她的心思到底是什么。

我看小耕气急败坏语无伦次的样子，说，她是谁？

小耕说，咱们就叫她乔玉吧。

我说，小耕你先不要急，把情况慢慢说清楚。

小耕和乔玉是一对恋人。在情人节前很久，小耕就答应那一天会给乔玉一个惊喜。乔玉向往地说，你会给我九十九朵玫瑰吗？送到我们公司来，让我也享受一次众人瞩目的光彩！还没等到小耕回答，乔玉又改变主意了，说，算了，我不要那么多了。九十九朵玫瑰太奢华了，只要九朵就好了，不过，一定要包装得特别漂亮啊！小耕满口答应，他虽然出身农村，但现在是一家很大的公司的主管，收入相当不错。

小耕工作很忙，之前没有预订玫瑰。到了2月14日那天，没想到玫瑰花价格疯涨，小耕觉得不值，就没有买。到了傍晚，花房快打烊的时候才去买的。他心想反正也是烛光下的晚宴，花只要是红的，包在朦胧闪光的花纸中，看起来都是一样的。他们已经到了谈婚论嫁的节骨眼儿，他想把每一分钱都节省下来，花在刀刃上，何必被华而不实的花贩子宰呢！

焦急地等了一天的乔玉，终于等来了九朵打蔫的玫瑰花，她火眼金睛，一下就看出小耕买的是处理玫瑰。

她还算顾大局，当着众人什么也没说。一出了众人的视线，乔玉立刻把花扔到了地上，大发脾气，踩着花瓣说自己望眼欲穿等来的却是这种货色。那么，在小耕眼中，自己肯定也是处理品，他们的爱情也是处理品，都不配享用上等的玫瑰。说他这样吝啬，以后的日子肯定没法过了。

小耕无限委屈地说——我无论如何想不通，那么多海誓山盟，就抵不过玫瑰有点枯萎的花瓣吗？！况且，一般人根本看不出来，她却要这样上纲上线。我也非常伤心，也很生气，心想罢了，像这样小心眼儿爱计较的女生，不要了也罢！但这几天我思来想去，觉得她真是做妻子的最佳人选，很想挽回。我的初步打算是：找一家海南岛的五星级酒店，订下面朝大海的总统客房，然后让那边把房间钥匙先送过来。然后我在这边订下两张机票。当这些步骤都完成以后，我就用快递把房间钥匙和机票都一起送到她的公司，以表达我对她的真情实意。您看怎么样呢？

这表面上是一个问句，但小耕渴望听到赞同回答的表情太明显了，眼巴巴地看着我。实在不忍心给他泼冷水，可正因为出于爱护，我才要讲实话。

我尽量把语速变慢，让他能有个思想准备。我说，请原谅我，我觉得你这个方案不怎么样。

他恼火起来，说，你们女人怎么和我们男人想的就是不一样！

我不计较他的态度，说，首先，一朵玫瑰花，在你的字典里代表着什么？

小耕想也没想就回答说，玫瑰就是玫瑰，一朵花而已。现在的小女生给玫瑰赋予了那么多浪漫和想象，其实都是瞎掰。花就是花，无知无觉，开上一两天就谢了。什么九十九朵玫瑰代表爱情天长地久，全是商家编出来骗人的鬼话。谁上当谁是傻瓜！

我说，我能理解你对玫瑰花的定义。说实话，我很有些赞成你的意见呢。花就是花，很简单。

小耕得到了支持，情绪缓和下来，说，务实的人，都是这种看法。

我说，你的女朋友是怎样看待玫瑰花的？

他说，我知道。在这以前，乔玉说过很多次了。她说，玫瑰花代表着爱情的信物，一个女孩子，要是在谈恋爱的时候，都没有得到过满捧满怀的芬芳玫瑰，就是枉做了一世女子。

我说，你不是说乔玉是做妻子的上好人选吗？如果她天天要你送玫瑰，我看也很靡费呢。

小耕听了老大的不乐意，突然与我反目为仇，说，不允许你这样讲乔玉。她其实是很会过日子的女孩子，只不过要在恋爱的时候要点情趣。

这结果，正中我意。我说，对啊。玫瑰花在你的字典里和在她的字典里，是完全不同的含义。玫瑰花盛开在不同的字典里。你觉得那只是一朵普通的花，她却把自己的理想和价值都寄托在里面了。

我说，女子喜爱花，其实历史悠久。远古时代，人们逐水草而居，靠天吃饭，生活很没有保障。如果在住所附近看到了花，就等于看到了希望。因为花谢了以后，就会有果实慢慢膨大起来，再等一些时候，就到了收获的时节。所以，在女人的记忆深处，对花的喜爱，是一种安全和务实的需要。只不过由于时过境迁，大家已经忘记这其中的传承，只记得看到花时那种单纯的欢喜。一般的花，如果美丽，就没有香味。如果有醉人的香气，花瓣就微小黯淡，两者都占全的很少。这也是来自植物的本能，它们要吸引昆虫，要借助风势，才能传播自己的花粉，繁殖后代。通常只要一种手段就够了，花们也就懒得又美丽又芬芳。玫瑰是一个例外，它美艳馥郁，于是就被人们挑选来做了爱情的使者。

人的生活中，需要偶尔的浪漫和奢侈，这也是生命有趣和值得眷恋的理由。我觉得爱情中的人们，有资格稍微浪费一点儿，因为这种时刻毕竟不多啊。

小耕想了想说，我明白了，原来她在玫瑰上寄托了自己的尊严，我买了处理的凋零玫瑰，她就觉得我刺伤了她的尊严。可是，我不是决定改正了吗？我订了豪华客房，表示我不是一个小气鬼。我用特快专递的钥匙和双人机票，表示了歉意，用实际行动来响应她的浪漫主张。这不就挽回了吗？

　　我直截了当地回答他，此招恐怕不甚可行。理由是：乔玉觉得在玫瑰花上丧失的是尊严感，已经表示和你绝交。现在还没有达成谅解，你就直接寄双人机票给她，这又一次说明你没有尊重她的选择。所以，别看你花了那么多钱，很可能适得其反呢！再有，你说她是个会过日子并不奢靡的女孩，你租了总统客房，以为能讨得她的欢心，这样她就会认为你断定她是个奢华虚荣的女子，我想她也不会乐意。所以，这很可能是一个事倍功半的馊主意。

　　听我这样一说，小耕有点急了，说这也不行，那也不成，我可怎么办呢？

　　我说，小耕你不要着急。办法就在你手里，不妨再想想看。我就不相信，恋爱中的人还能想不出和解的法子？你一再说她是个通情达理的女孩，那么，这件事还是有希望的。

　　小耕想了半天，说：我要郑重地向她道歉，说我从今以后会非常尊重她的意见和想法。如果我承诺的事，就一定做到。如果我有另外的建议，就一定当面向她提出，再不会先斩后奏一意孤行。

我说，试试吧。预祝你好运气！

小耕走了。其后的某一天，我收到了速递来的一袋喜糖，喜袋上用透明胶纸粘了一朵粉红色的玫瑰花。我想，这就是故事的结局了吧。

不少男人抱有一夫多妻的想法

一夫一妻制不一定是最终的制度，但却是现行的制度。不一定是最好的制度，但却是最稳定的制度。如果你是一个期望平顺和安宁的人，请支持这个制度并保卫它。

我在心理诊所接待过这样一位成功人士，他对我说，他有很多钱，具体的数目他就不告诉我了，因为怕吓到我。我说，我不像你想象的那样胆小。对我来说，无论钱多钱少，在人格上都是一样的。而且，我估计你的钱一定解决不了你的问题，要不然，你就不会这样千里迢迢地一大早到我的诊所里来了。

他是外地来的咨客，因为事务繁忙，他特地预约了早上第一位的访谈时间，咨询后将从诊所直接到机场，赶回去参加董事会。

他说，您说的有一定道理。但是有钱人遇到的问题和没钱人遇到的问题是不同的。

我说，如果我和你讨论钱的问题，我可能没有你经验丰富。不过你今天抽出这么宝贵的时间，到我这里来，一定是打算讨论我比较内行的事情吧？

他说，好吧。是这样的，我觉得一夫一妻制度不是最好的制度。

我说，那么看来你一定是在夫妻关系上出了问题。现在，我们面临着两个方向：要么，讨论一夫一妻制度是否合理；要么，在这个框架之中讨论你所遇到的问题。

我们姑且把这位腰缠万贯的成功人士称作聚贵先生
好了。

聚贵先生思考了一会儿，说，我还是想和您务虚。
我说，好啊。你对一夫一妻制度有什么意见？

他说，一个成功的男人就应该有多个配偶，这样他
才能产下更多的子嗣，他的优秀基因才得以更广泛地流
传。穷人就应该少生孩子，他们连自己都养不活，生了
孩子让社会负担，这合理吗？

我说，你的意思是说你自己应该有多个配偶，而有
些人应该一个配偶也没有，这样更有利于物种的进化。
是这样的吗？聚贵先生说，基本上是这样的吧。

我说，其实这不是什么新观点。我觉得这个规则已
经实行了一亿年。

聚贵先生说，您开什么玩笑？有人类才多少年
啊？！

我说，您反问得很有道理啊。人类确实没有这么长
的历史，但是动物界有。动物基本上就是实行的这个规
矩，强壮的雄性胜者通吃，垄断交配权。在人类的早期

社会，基本上也是这样的。在中国，直到辛亥革命之前，三妻四妾一直是合法的。所以，你的观点不是什么新发明，是复辟。

聚贵先生说，如果能这样就好了。

我说，人们之所以放弃了这个方法，可能有种种原因。其中很大的一个原因，我想是一夫一妻制更有利于安宁和平。不然同性之间为了争夺配偶打得头破血流，引发无数杀戮和战争，破坏和谐统一，导致文明退化。再有就是从女性角度来考虑，一夫一妻制度更有利于感情的稳固和长远，也更利于抚育后代。还有一个原因，就是保护物种的多样性。不一定优良的基因就一定没有缺憾，也不一定在一轮竞赛中落后的基因就一无是处。况且，人类后代的产生，是父母基因各自先减数分裂，然后再融合在一起，成为一个新的生命，那是一个玄妙的过程，所以，也很有可能出现负负得正或是正正得负的局面。

当然了，人类是在不断探索和进步，包括探索人类社会自身的组织形式。你可以找出一夫一妻制的种种弊病，但我看这一制度是迄今以来比较好的制度。我们现行的法律都按照这个制度运行，你一个人要想复古复辟，恐怕十分艰难。

聚贵先生抱着略微有些秃顶的脑袋说，那我怎么办呢？

我说，你可以到还保留着一夫多妻制的某些国家去。或者，回到清朝。再有一个法子，就是放弃一夫多妻制的想法，务实地站在21世纪的中国土地上，想想你怎么走出困境。

聚贵先生说，我没法子到现在还保留着一夫多妻制的国家去，我也没法子回到清朝。我只有改变了。

关于聚贵先生的困境和他走出困境的步骤，我在这里就不赘述了。总而言之，男子中抱着一夫多妻制想法的人，不在少数。有些人或许没有察觉，以为自己有道德规范管着呢，不会犯这样的错误。这里其实有一点需要高度注意，雄性期待着比较多的配偶，是一种生物本能。这一点不必讳言，也不是耻辱。在人类的进化史上，这种同动物界类似的法则，也绵延过漫长的年代。

现行的一夫一妻制，既是一种进步，也是一种对人的本能的制约。这种制约是为了人类社会更多的和平和发展。起码，它在现阶段是最可行的。

认识到了这一点，我们看待这一类的出轨和变故，比较能心平气和。

让女人丑陋的最根本原因

对一个女性最有害的东西，就是怨恨和内疚。前者让我们把恶毒的能量对准他人；后者则是掉转枪口，把这种负面的情绪对准了自身。你可以愤怒，然后采取行动；你也可以懊悔，然后改善自我。但是请你放弃怨恨和内疚，它们除了让女性丑陋以外，就是带来疾病。

我有一个面目清秀的女友，多年没见，再相见时，吓了我一跳。一时间张口结舌，不知说什么好。她倒很平静，说，我变老了，是吧？我嗫嚅着说，我也老了。咱们都老了，岁月不饶人嘛！她苦笑了一下说，我不仅是变老了，更重要的是变丑了。对吧？

在这样犀利洞见的女子面前，你无法掩饰。我说，好像也不是丑，只是你和原来不一样了，好像换了一个人似的，整个面目都不同了。

她说，你不知道我的婚姻很不幸吗？

我说，知道一点儿。

她说，我告诉你一件事，一个不幸福的女人是挂相的。我们常常说，某女人一脸苦相。其实，你到小姑娘那里看看，并没有多少女孩子就是这种相貌。女子年轻的时候，基本上都是天真烂漫的。但是你去看中年妇女，就能看出幸福和不幸福两大阵营。

我说，生活是可以雕塑一个人的相貌的，这我知道。但是，好像也没有你说得这样绝对吧？

她坚持道，是这样的，不信你以后多留意。到了老年妇女那里，差异就更大了。基本上就分为两类：一种是慈祥的，一种是狰恶的。我就是属于狰恶的那一种。

我不知如何接下茬，避重就轻说，不过，我们在照片上看到的老年人，都是慈祥的。

她说，对啊。那些不慈祥的，根本活不了太久。比如我，很可能早早就告别人世。

话说到这份儿上，我只好不再躲避。我说，那么你怎样看待自己的相貌变化？

她说，我之所以同你讲得这样肯定，就是从我自己身上得出的结论。因为我的婚姻不幸福，我又没有法子离婚，所以一直在怨恨和后悔中生活、煎熬着。对着镜子，我一天天地发现自己变得尖刻和狰厉起来。当然，这不是一天发生的，别人看不出来，但我自己能够看出来。我用从自己身上得到的经验去看别人，竟是百分之百地准确……

我看着她，说不出话来。在这样透彻冷静的智慧面前，你只能沉默。

每当我想起她来，心中都漾过竹签扎进甲床般的痛。她所具有的智慧，是一种波光诡谲入木三分的聪明，犹如冰河中的一缕红绳，鲜艳地冻结在那里，却无法捆绑住任何东西。

我愿意把她的心得转述在这里。女人会不会因为心理不健康而变丑，我不敢打包票。因为心理不健康而导致身体上的病患，却是千真万确的。

为了不得病，为了不变丑，人们只有更多地让爱意充满心扉。

发出声音永远是有用的

如果你身为一个女性，请不要抱怨。这个世界就是如此的不平等，在你以前很久，就是这样了。在你以后很久，也会是这样。所以，它等待着你的降临和奋斗。你的降临和奋斗，也许什么也不能改变，也许能让它变得更美好一些，但起码这个世界因为有了你的存在，而有了希望。

有一年，我应邀到一所中学演讲。中国北方的农村，露天操场，围坐着几千名学生。他们穿着翠蓝色校服，脸蛋呈现出一种深紫的玫瑰红色。冬天，很冷。事先，我曾问过校方，不能找个暖和点的地方吗？校长为难地说，乡下学校，都是这种条件，凡是开全校大会，都在操场上。我说我其实不是在考虑自己，而是想孩子们可受得了。校长说，您放宽心好了，没事。农村孩子，扛冻着呢。

我从不曾在这样冷的地方讲过这么多的话。虽然，我以前在西藏待过，经历过零下四十摄氏度的严寒，但那时军人们急匆匆像木偶一般赶路，缄口不语，说话会让周身的热量非常快地流失。这一次，吸进冷风，呼出热气，在腊月的严寒中面对着一群眼巴巴的农村少年谈人生和理想，我口中吐冒一团团的白烟，像老式的蒸汽火车头。

演讲完了，我说，谁有什么问题，可以写个纸条。

这是演讲的惯例，我有什么地方说得不妥当，请大家指正。孩子们掏出纸笔，往手心哈一口热气，纷纷写起来。老师们很负责地在操场上穿行，收集字条。

我打开一张纸条。上面写着：我很生气，这个世界是不平等的。比如，我为什么是一个女孩呢？我的爸爸为什么是一个农民，而我同桌的爸爸却是县长？为什么我上学要走那么远的路，我的同桌却坐着小汽车？为什么我只有一支笔，他却有那么大的一个铅笔盒……

我看着那一排钩子一样的问号，心想这是一个充满了愤怒的女孩，如果她张嘴说话，一定像冲出了一股乙炔，空气都会燃起蓝白的火苗。

我大声地把她的条子念了出来。那一瞬，操场上很静很静，听得见遥远的天边，有一只小鸟在嘹亮地歌唱。我从台子上望下去，一对对乌溜溜的眼珠，在玫瑰红色的脸蛋上瞪得溜圆。还有人东张西望，估计他们在猜测纸条的主人。

据说孩子们在妈妈的肚子里，就能体会到母亲的感情。很多女孩子从那个时候，就感受到了这个世界的不平等，因为你不是一个男孩，你不符合大家的期望。

这有什么办法吗？没有。起码在现阶段，没有办法改变你的性别。你只有认命。我在这里说的"命"，不是虚无缥缈的命运，而是指你与生俱来的一些不能改变的东西。比如你的性别，比如你的相貌，比如你的父母，比如你降生的时间地点……总之，在你出生以前就已经具备的这些东西，都不是你所能左右的。你只能安然接受。

不要相信对你说这个世界是平等的那些话。在现阶段，这只是一厢情愿。不过，你不必悲观丧气。其实，世界已经渐渐在向平等的灯塔航行。比如一百年前，你能到学堂里来读书吗？你很可能裹着小脚，在屋里低眉顺眼地学做女红。县长的儿子，在那个时候，要叫作县太爷的公子了，你怎么可能和他成为同桌？在争取平等的路上，我们已经出发了。

没有什么人承诺和担保你一生下来就享有阳光灿烂的平等。你去看看动物界，就知道平等是多么罕见了。平等是人类智慧的产物，是维持最大多数人安宁的策略。你明白了这件事情，就会少很多愤怒，多很多感恩。你已经享受了很多人奋斗的成果，你的回报就是继续努力，而不是抱怨。

身为女子，你不要对这样的不平等安之若素，你可以发出声音。说了和没有说，在暂时的结果上可能是一样的，但长远的感受和影响是不一样的，对你性格的发展是不一样的。而且，只要你不断地说下去，事情也许就会有变化。记住，发出声音永远是有用的，因为它们可能会被听到并引发改变。

说实话，让一个受到忽视的女孩子，很小就发出对于自己不公平待遇的呐喊，几乎是不可能的。但我思索再三，还是决定保留这个期望。因为今天的女子，也可能变成明天的母亲。如若她们因循守旧，照样端起了不平等的衣钵，如若她们的女儿发出呼声，也许能触动她们内在的记忆，事情就有可能发生变化。当然了，如果女孩子长大了，到了公共场合，这一条就更要记住并择机实施。记住，呐喊是必须的，就算这一辈子无人听见，回声也将激荡久远。

烦恼世界的好礼物

如果你病了，请在第一时间到医院去。不要坚持，以为这是对身体的锻炼。但是你可以想一想，自己为什么会生病？所有的疾病都是有原因的，答案只有你自己晓得。知道了答案，你不要告诉别人，因为这是你的秘密。如果你需要不断地把自己的病痛公布于众，那不是显要人物就是以病为美。

我很喜欢的一本书，叫作《生命的重建》。这是美国一位名叫露易丝·海的女心理学家所写，据说全球销量达到了两千万册。这还是2002年的数据，到现在很可能更高了。我喜欢这本书到什么程度呢？给你说个真实的笑话。

有张报纸，上面有个不定期的栏目，叫作《名家荐书》，就是请一些人说说自己最近都读了哪些好书，和读者分享。其实呢，就是写一篇读后感，你要说出这本书好在哪里，为什么要推荐给大家。有点像你在哪个小饭馆或是大饭店，吃了一道好菜，告知亲朋们：大家都来尝尝啊。我对报纸上这一类的小专栏都挺注意的，因为现在贿买的书评太多，凡是长篇大论说某书如何如何好的，反倒让我疑心这作者是收了出版社的钱财，替人抬轿子吹喇叭，不足为信。倒是这类比豆腐干大不了多少的文章，出版社看不上眼，有可能是肺腑之言。因为常常看这种文章，轮到编辑邀我荐书，自己也很荣幸，赶紧为自己觉得好的书写上三言两语，以报还编辑的信任和同我一样喜欢这栏目的读者。编辑还说，如果您特别忙，抽不出时间来写这篇文章，就把您的想法告诉我，我来写好了。那一段，我真是特别忙，就在电话里，把自己对这本书的好感说了一番，后来由编辑整理后发在报纸上。因为我没有该报纸，编辑可能给我寄了，我又没收到，总之是印象淡漠。过了一年多，该编辑又向我约这个栏目的稿，我觉得总是劳驾人家代笔恐不相宜，就自己动手写了一篇书评，以电子邮件的形式发给她。过了几天，该编辑回复我说，看来毕老师真的是很忙，您去年就已经向我推荐过这本书了。

我是老大的不好意思，觉得对编辑不够尊重，但心底里实在是喜爱这本书。我先把这篇从未发表过的书评附在下面，您看完之后，咱们再来说疾病和身体的关系。

露易丝·海是美国最负盛名的心理治疗专家，她揭示了疾病背后所隐藏的心理模式，认为每个人都有能力采取积极的思维方式，实现身体、心理的整体健康。

也许有人会以为露易丝·海一定是个得天独厚超级健康的人，要不然她何德何能有资格来写这样一本教诲众生引渡痛苦的书呢？要知道，这本书自1984年出版以后，截至2002年，英文版已经印刷了七十一次，销量达到了两千万册。

其实，她是一个不幸的女人，红颜薄命、饱经沧桑。她的童年风雨飘摇，穷困潦倒，自幼父母离异，五岁的时候就遭受了强暴，少年时代一直受着凌辱与虐待。后来她逃到纽约，历经坎坷成为一位服装模特，嫁了人。十四年后，她被丈夫抛弃，后来又被确诊患了癌症……

但是露易丝·海没有被命运之蹄踏成齑粉，而是用残破的碎片重构起了自己的思维大厦，提出了"整体健康"的观念。在她的这本书里，流淌着温暖的智慧，传授着行之有效的方略。

特别值得一提的是在书中有一个问题列表，列出了你现在有的疾病和以后可能有的疾病名称，并且探讨了这些疾病的内在原因。

心理不适可以导致生理上的疾病，比如你工作压力太大感觉疲惫不堪，老板让你加班你不得不加，这时候你就很可能患上感冒。你名正言顺地赖在床上得以休养，感冒就成了你的朋友，荣登了心身疾病的谱系。露易丝把各类疾病排起队来，明晰地列成表格让人按图索骥，实在是聪明而且大胆。我不敢说这些起承转合的规律一定千真万确，但起码很大部分是非常实用的。

比如"疼痛"，可能是因为渴望得到爱，渴望被拥有而不能被满足。比如导致"贫血"的心理原因可能是态度消极，缺少快乐，并且害怕生活。再比如"脓肿"，是由于对你不愿意丢弃的信念，感到了愤怒。还有"背部不适"，是因为感到生活难以支持……

　　这个表一共占了四十四页，每一次我读到它们的时候，都充满好奇并怀有敬畏。我们的身体里面居住着我们的心理，它们水乳交融互通有无，在暗地里主宰着我们的生涯，而我们常常一无所知。露易丝的书不一定放之四海而皆准，起码提供了一份详尽的情报，让我们从此在心身疾病面前不再盲目和茫然，继而重整河山再造健康。

你可曾听得懂身体的呐喊

　　露易丝·海列出的这个表，我不知道是不是完全符合中国人的体质。比如她说脓肿是因为"感到受伤害，被轻视，想要复仇而产生的思想波动"。比如她说扁桃体炎是因为"家庭发生冲突，吵架，孩子发现自己不受欢迎，是个负担"。说到女性常见的乳腺问题，露易丝·海说这是因为"乳房代表母性、养育和营养，如果乳腺出了问题，多半是拒绝给自己营养，把其他人看得比自己重要。过度溺爱别人，过度保护别人，过度忍受"……

还有很多很多，让你看了不由得为自己捏了一把汗。我们原以为那些在自己心里一闪而过的念头，很多只是玩笑般的发泄，却被身体这个忠实的同伴一字不落地牢牢记住。它们以为我们的这些话都是经过深思熟虑的命令，它们宁肯自己吃苦受罪，也要千方百计地去执行你的指令。

说到这儿，我想起了自己的一段往事。

19世纪80年代末，我在北京的一家工厂担当卫生所所长。那是一家重工业工厂，有数千工人，炼铜的炉子终日炉火熊熊，一线职工三班倒。这就要求医生们也要三班倒，诊所时时刻刻都要亮着灯。诊所有十几位大夫，化验、X光、内外科、药房、治疗室都有设立，真是麻雀虽小，五脏俱全。那时还是公费医疗，工人们大病小病都要在卫生所诊治，每天处方满天飞，还有每星期的例会，上面的检查工作，年终的总结报告。要是有人重病，就得联系医院。要是有人死了，就得负责火化……我不厌其烦地写了这么多，就是想说明，我当的这个官儿，可能是全中国最小的职务了，但是非常繁杂。正在这时，我被鲁迅文学院和北师大联合举办的文学研究生班录取，同班同学还有莫言、刘震云、余华、迟子建等等。这自然是一个极好的学习机会，但一个穿着白大褂的卫生所所长去读文学的研究生，似乎风马牛不相及。

报到的那一天到了，我到了鲁迅文学院的门口，却终于没有走进去。我对一位偶遇的同学说，请你帮我转告校方，我因为实在没有法子平衡上学和本职工作之间的矛盾，只好不学了，请老师们原谅我的不辞而别。说完这些话之后，我真是强忍着眼泪，离开了学校。我至今要感谢我们厂的党委书记和厂长，他们得知此事之后，专门开了一个会，集体决定支持我去读书，照发我的工资奖金，唯一的条件是我还要把卫生所的工作抓起来。有课的时候去上课，下了课之后，就回到工厂上班。我非常感谢他们。

就这样，我在同学们都完成了预科的学习之后，直接参加入学考试，开始了正式的学习。那时候，学校每周四天有课，其中有两天是全天上课，还有两天是半天有课。我每天上完课之后，就赶快回到工厂卫生所去履行所长的职责。当时北京市电力紧张，我们厂是耗能大户，星期天是用电低谷时间，我们要照常上班。厂里的休息日是每周二，正好那一天鲁迅文学院是全天有课。这样的结果是我在一年多的时间里，几乎没休息过一天。每周七天，在学校四天，其中有两个下午赶回厂里上班。在厂里是三个整天加上两个半天。

每日奔波的路程将近四个小时。我和同事们同学们半开玩笑地说，这样一年跑下来，我在北京城完成了一次长征。刚开始还好，但慢慢地我开始感到非常劳累，夜里噩梦连连。不是梦见自己上课迟到，就是梦到自己在临床医疗上看错了病，把人给治死了。我第一次感到时间像一条在酷日下晒了三个月的毛巾，再也拧不出一滴水来。我会在所长的位置上算错了药费，也会在"鲁院"的课堂上心猿意马，想着某个老工人住院快死了，我一定要去看看他。据上次看他的人说，他一个劲儿地念叨我，说毕大夫这个人为什么不来看我呢？按说她是个好人呢……

人好像变成了一个已经炸成无数片的红气球，到处都是破碎的不规则碎片，我觉得自己马上要弹尽粮绝。有时候脑子会跳出一个念头——我干脆生一场重病吧，这样就可以不用两条战线同时作战了。只是，生一场什么病呢？我对着自己苦笑一下。如果是头痛感冒，无论你当时发多么高的烧，哪怕咳嗽得快吐血，人人都知道用不了几天就会慢慢康复。这个病太轻了，达不到目的。要不得心脏病吧？细一琢磨，不行啊。心脏病是看不出来的，只有用心电图等仪器才能诊断，跟一般人说不清楚。就算你把心电图贴成大字报，别人也会说你一个当医生的人，没准是自己攒的呢。心脏病被否决之后，我想，要不，就得肝炎吧！倘若眼珠子都黄了，谁还能说你是装病呢？！这个念头刚一冒出来，就被立马枪毙。不成不成！这病太严重了，万一转成慢性的，就会变成肝硬化、肝癌……遗患无穷。再说啦，这病有传染性，会给家人和同事同学带来很多麻烦，不妥不妥。这也不行，那也不行，要不然，就得个椎间盘突出？这个病也是个慢性病，人人都知道要好好休息呢！再一思忖，不成。如果真是躺倒了，卧床不起，班自然是不用上了，但还怎么上学呢？

胡思乱想一阵，脑子也迷糊了，就昏然睡去。梦中还在想，如果有一种病，看起来很严重，但对自己的重要脏器没有太多的损害，别人又能一眼看出你病了，那就好了……

几乎每天都是在困倦和焦虑中度过，不过只要太阳升起来，我就精神抖擞地奔跑在路上。有一天，我像往日一样早起，刷牙的时候，突然没有法子鼓起腮帮子漱口了，水顺着嘴角滴滴答答向下流淌，顺着我的脖子流到锁骨上的凹陷处，然后洒落在衣襟上。在我还没想明白这是怎么一回事的时候，十岁的儿子走过来，奇怪地看了我一眼，说，妈，你不要做出鬼脸来吓我……我觉得事情有点不妙，赶紧去照镜子。这时我爱人正好看到我，他说，你的右半边脸，好像一张门帘似的垂了下来……

我已经走到了镜子前，在镜子中，我看到了一个口眼㖞斜的女人，眼睑下垂，鼻子向一边耸着，嘴角夸张地耷拉着，一行口水亮闪闪地坠……

这就是我吗？疲惫我早就知道，脸色不好我已早有心理准备，但是，这张歪鼻子斜眼的丑陋尊容，还真是吓了我一跳。

我是个训练有素的医生，马上就为自己做出了诊断——面神经麻痹。我并不慌张，按部就班地去吃早饭。这个平时很简单的动作，现在变得十分困难。我喝的粥都洒了出来，弄脏了衣服。我吃进嘴里的一根咸菜，不知怎么搞的，到了那不听指挥的右颊，其结果是既不能咀嚼，也无法吐出来。

半边肌肉麻痹，仿佛一群军事政变的叛兵，根本不听指挥。百般努力劳而无功之后，我只好把手指洗干净，挖进牙齿和腮帮子的缝隙，才算把那执拗的半根咸菜掏了出来。一边眼睑完全失控，不能眨眼。眼球裸露的时间久了，十分酸涩，我就要用手指把眼皮抹下来，仿佛在为死不瞑目的人收拾残局。不同的是，死人的眼睛闭合之后，就不必再睁开，但我还得注视世界。眼球得到休息之后，眼睑无法自动打开，我必须再用手指帮忙，把上眼皮揪起来，如此才看得见路。

虽然多了若干规定以外的动作，我还是赶在平常上班时间之前，把自己和家务料理清楚，送孩子上学，然后骑上自行车到厂里上班。唯一不同的是，当时正值冬天，半边嘴唇麻木不能合拢，冷风冲灌，我戴上了口罩。眼肌罢工，不能正常眨眼，我目光炯炯直视前方，尘风吹袭眼球。抵达卫生所的时候，我泪流满面。

同伴们惊奇地问这是怎么了，最先他们还只注意到我的眼。我拉下口罩，一言不发。我想看看自己的诊断是否正确，医生们一致惊呼起来，你是不是中风了？

我笑笑说，没有那么严重吧？

众人匪夷所思地望着我。我后来才意识到，面神经麻痹的人的笑容是十分诡异的。功能正常的那一侧面肌群，由于对侧的无力，相比之下变得很强大，把脸颊向本侧高度牵拉。其结果是半边脸僵化如铁，那半边脸则直向耳朵根聚去，形如骇人的破损面具。

有人说，毕淑敏，求你别笑了。赶快上天坛医院，那儿是国内脑科权威，要知道有些面瘫是颅脑病变的前奏。我说，今天还有几项工作，我处理完了再走。

头有点眩晕，手有些无力，我戴着口罩，一丝不苟地完成我应做的工作。这时候，同伴们为我安排的救护车已经在卫生所外等候。我说，我可以自己坐车到天坛医院去，面瘫并不是危症。

大家说，可你是卫生所所长啊。咱们连这点便利都没有吗？况且现在并不能肯定你就是单纯的面瘫，若是颅内和脊髓引发的病变，当然也算急症了。

我说，同志们啊，厂里只有一辆救护车，车间里炉火正红。谁知道什么时候就会出铜水四溅、车床伤人的事故！如果真是在我使用救护车的时候，出了危难情况，要用救护车急送病人，可车被我占用了，事后一追查，我只不过是个小病，耽误了工人的重伤。你们的好心，岂不毁了我一世英名？

同伴们只好不再坚持。待所有的繁杂事务都告一段落之后，我自己坐公共汽车到天坛医院去看病。神经科的医生说，他们可以肯定已经出现了面神经瘫痪的所有症状，但还要查一查原因，排除颅内肿瘤和感染等原因。

我安安静静地完成一系列的检查，脑海中却很平静，我知道我终于可以休息一下了。在拍完颅脑的CT片子之后，医生嘱咐我暂且回家静养，如果病情加重，出现肢体的麻木和瘫痪，速来急诊。然后，他给我开了大量的激素和数周的病休。

我走出医院，仰望苍天，深深地吐了一口长气。我直觉这是我的身体为我找到的一个理由。我得了一个病，这个病，人人都可以一眼看出来，不用我多做解释。对于一个女人来说，容貌是非常重要的事情，我已被疾病毁容，人们会生出同情之心，不会怀疑我是诈病。最重要的是，我有了请假条，可以名正言顺地不再履行工作的职责了。

我为此付出了巨大的代价，吃了很多激素（为了阻遏面神经的继续病变，当时对付此病唯一有效的方式是使用大剂量激素），体重大增。为了让㖞斜的口眼早日复位，一日数次用艾条熏面颊，用四寸长针贯穿穴位，半边脸糊满了黄鳝血……想起来，一定是面目狰狞，不堪入目。

我每天戴着口罩去上课，以至于很多年之后，有的同学还说，对毕淑敏的印象嘛，她总是戴着口罩上课，生怕人家不知道她是医生似的。因为嘴唇不能闭拢，上英语课的时候，我屡屡发音不准，老师以为我不用功。我后来悄悄找到老师，取下口罩让她看了看我的嘴脸。她闭了一下眼睛，说，好吧，毕淑敏。请放心，以后课堂上，我不再提问你了。

我的脸，在我文学研究生课程结束之后，才基本复原。我不知道这是不是我的身体对我的一个回报，它让我因此得到了一个喘息的机会，得以完成我的学业。不然的话，我很可能就要中途辍学了。

拉拉杂杂写了这么多，我想说的核心意思是——我相信我们的意志会强烈地干扰我们的身体。其实啊，我们的身体是那么可爱，它的智力水平有点像一个孩童。它很想表现得乖，让我们的思想和意志满意。它甚至听不懂哪些是反话，哪些是气话，哪些只是一时的意气用事，并不需要当真的。它没有这么复杂的分辨能力，它还比较原始，相当于人类进化的早期。很多时候，它以为是在帮我们的忙，其实造成了巨大的痛苦和后遗症。当然，我们也常常会从中获利。

不过，若是今天我再遇到读书和工作相冲突的事情，我不会让身体付出那么惨重的代价。我会直接找到领导申明困难，也许放弃学业也没有什么了不起的，毕竟来日方长，不必让身体用这种惨烈的形式发言，才为自己赢得了喘息之权。

身体本来是想时时刻刻把自己的变化和感知告诉人们，可惜人们不重视。因为婴儿的表达常常被忽视，于是他们也学会了忽略自己的感受。说起来，在感觉的灵敏度方面，我们早已退化，输在了动物后面。证据之一就是我们只能凭借仪器预报地震，还常常不准。但蛇蟒鼠类，却早有预知。

亲爱的朋友，请你充分认识到，我们的身体无时无刻不在倾听着我们的吩咐，预备着不遗余力地帮助我们。虽然这个忙常常是倒忙，帮不到点子上。但这不是身体的过错，是我们整个系统超过了负荷，又没有找到有效的解救方法。身体就像雪灾中的电塔，一层层冰凌覆盖，终于在某个时刻，轰然倒下。如果早一点儿除冰，结局就很可能不一样了。

一桌烹饪了二十一天的菜

某医生专门为癌症晚期病人做治疗，门庭若市。

我说，癌症晚期，基本上回天乏力。那么多人趋之若鹜地来求助你，你有什么绝招秘方？难道有祖传秘方吗？

医生说，没有。我没有任何诀窍。全世界治疗癌症的方法，就那么多，都在书上写着呢。我要是有起死回生之术，就去得诺贝尔医学奖了。

我说，那很奇怪，人们为什么都来找你呢？

头发花白的医生平静地说，我只是陪着那些得癌症的人，走完人生的最后一程路。

要知道，这种陪伴并不容易，要有经验，要知道跟他们说些什么，要能忍受一次又一次的永诀。

癌症病人不知道这种时刻该怎么办，包括他们的亲人，也很茫然。人们通常用两种方法，要么装着那件事——你知道我指的是什么，就是死亡——离得很远，好像根本就不会发生似的，谈天说地指东道西，但就是不涉及此事。

这让那个就要死去的人，无比孤单。他知道那件事就要发生了，他已经收到了确切的预报。但大家好像都不理睬，完全不在意这件事。他也不知道自己该如何揭开这个可怕的盖子，困窘无措。后来，他会想，既然大家都不谈，一定是大家都不喜欢这件事。我马上就要离开人间了，既然大家都不乐意说这件事，那么，我也不说好了。于是，死亡就成了一个众所周知的秘密。

家人对每一个来探望病人的人说，他的病情很严重，可能马上就要离世了，可他自己一点儿也没有意识到。拜托你们了，千万要装得很快活，不要让病人难过。

人们就彼此心照不宣，群起对那个濒死之人保守秘密。那个濒死的人则没有勇气破坏大家的好意，索性将错就错，维持着那个谎言越滚越大，直到成为厚厚的帐幔。要知道这种在最亲近的人之间设起的屏障，是非常耗费能量的。于是，病人就想早早结束这个局面，他们甚至更快地走向了死亡……

那么，你是怎么做的呢？我问。

很简单，我只跟他们说一句话。医生说。

一句什么话呢？我好奇。

我只跟他们说，在最后的时间到来之前，你还有什么心事吗？我可以帮你做些什么？我会尽全力来帮助你。医生这样回答。

就这些吗？我有些吃惊。因为这实在是太简单了，简单到令人难以置信。

就这些。很多要死的人，对我讲了他们的心事。他们对我很信任，没有顾忌。我从不无妄地安慰他们，那没有意义。他们什么都知道，比我们健康的人，知道得更多、更清楚。

临死的人，有一种属于死亡的智慧，是我们这些暂时的生存者无法比拟的。对这种智慧，你只有钦佩，匍匐在地。你不可能超越死亡，就像你不能站得比自己的头更高。医生说着，视线充满敬意地看着面前偏上的方向，好像在那里有一束自天宇射下的微光。

我说，您和很多要死的人，讨论过各式各样的未了心愿吗？

医生说，是的。很多。几乎所有的人，都有未了的心愿。我甚至因为和他们讨论这些事而出名，他们会在彼此之间传布我的名声，说临死之前，一定要见见我，这样才死而无憾。

我说，能跟我讲讲临死之人最后的心愿都是什么吗？

医生淡淡地笑笑说，您这样问，可能以为那些临死之人的想法一定都很惊世骇俗，很匪夷所思。其实，完全不是这样。因为都是一些普通人，他们的想法也很平常，甚至是太微不足道了，他们因为觉得不足为外人道，都有些不好意思。只是因为知道我是一个专门研究癌症晚期病人心理的医生，他们觉得我不会笑话他们，才愿意对我敞开心扉。这样一传十十传百的，就慢慢有了口碑。其实，我不过是帮助他们达成心愿，让他们无怨无悔地走完最后的路程。

我说，可是你还没有把他们最后的心愿告诉我，是不是保密呢？

医生说，并不保密，我是怕你失望。好吧，我告诉你，你一定会想到他们要求我帮助完成的心愿，可能是找到初恋的情人，或是哪里有一个私生子这样稀奇古怪的事情。这种事情我不敢说从来没有过，但其实非常少。普通人临终之前，多半想的都是完成一些很具体甚至很微小的心愿。比如对谁道个歉，找到某个小时候的玩伴，还谁一点儿小钱……并不难的。也许有些活着的人，以为这些不值一提，家里的人也可能觉得太琐碎，未必会记在心上。不过，我听完之后，都会非常认真地完成。

我说，您能给我举个具体的例子吗？

医生沉思了一下，说，好吧。我刚刚帮助一个患癌症的女子完成了她最后的心愿。

我说，什么心愿呢？

医生说，这女人是个厨师。病入膏肓，不久于人世了。她是慕名而来，对我说，我有一个心愿，可是对谁都不能说。听说无论多么奇怪的心愿，你都不会笑话我们，所以我找到你。

我说，请放心。请把你的心愿告诉我，我尽力帮你完成。

女人说，我从小就学做厨师，现在，我就要走了。我的心愿是再做一桌菜。

我点点头说，哦，这很难吗？

女人说，是的。很难。因为长期化疗，我舌头上的味觉器官完全被破坏了，根本就尝不出任何的味道。我的胳膊打了无数的针，肌肉萎缩，已经颠不动炒勺。我不能行走，已经不能上街，不能亲自采买食材和调料。我长期住在医院里，很快就要从病床直接到天堂去了。附近根本就没有厨房。另外，谁来吃一个癌症晚期病人做的食物呢？因此，我这个愿望几乎是不可能实现的。

我说，谢谢你对我的信任。我明白你的愿望了。让我来想一想。

几天以后，我找到她，说，我能帮助你实现愿望。

那女人瘦弱而苍白的脸庞因为过分的激动，而显出病态的酡红，伸出枯枝一样的手，哆嗦着说，真的吗？

我说，千真万确。现在，你只要定好菜谱，我们就可以开始了。

她不相信，问，灶台在哪里呢？

我说，我已经和医院的厨房说好了，他们会空出一个火眼，专门留给你操作，甚至还给你准备了雪白的工作服。你可以随时使用这个炉灶。它从现在开始，就属于你了。

那女子高兴极了，好像是剑客得到了一柄好剑，两眼闪光问道，那么，我所用的食材和调料如何采买呢？您知道，我已经没有力气走五步以上的路，出不了医院大门的。

我说，我会为您派一个助手。完全听您调遣。您需要什么样的蔬菜和肉类，还有特殊的调味品，只要您列出来，他就按照您的意思，一丝不苟地去准备。他一定会像您亲自采买来一样，让您满意。您要是不满意，他就再去寻找，总之，一定做到尽善尽美。

女厨师很高兴，但还不放心，说，我还有一个问题。我现在体力不支了，一桌菜最少要有八道，可是，我一顿做不出来那么多，只能一道道来做。这样是否可以呢？

我说，当然可以。一切以您的身体承受力为限。

女厨师说了这么多话，似乎把全身的力气都用完了。她把眼睛闭起来，许久许久都没有睁开，我几乎以为她再也不会把眼睛睁开了。虽然，我知道这是不会发生的，她的愿望还没有完成，她不会轻易到死神那里报到。

果然，停顿了很长一段时间之后，她缓缓地睁开眼睛。眼帘打开的速度是如此之缓慢，简直像拉开一道铅制的闸门。她说，医生，我知道你是在安慰我。

我说，这不是安慰。你将完成的是一桌真正的宴席。

女厨师凄然一笑说，好吧。就算是一桌真正的宴席，可是，谁是食客？谁来赴宴？谁肯每天只吃一道菜，遥遥无期地等待着一场没有时间表的宴会呢？

我说，我已找到了食客，他会吃下你做的每一道菜。

医生说到这里，就安静下来，好像他的故事讲完了。

我说，后来呢？

医生说，开始了。

我说，能吃吗？

医生说，有人真的吃了。

我说，好吃吗？

医生迟疑了一会儿，说，那个人告诉我的真实感觉是：刚开始，她做的菜还算是好吃的。虽然女厨师的味蕾已经完全损毁，虽然她本人根本就没有任何胃口，但女厨师凭着经验，还是把火候掌握得很准，调料因为用的都是她指定的品牌，她也非常熟悉用法用量。尽管她不能亲口品尝，各种味道的搭配还是拿捏得相当不错。不过，她的体力的确是非常糟糕，手臂骨瘦如柴，根本就颠不动炒勺，她又坚持不让助手帮忙，结果食材受热不均匀，生的生，糊的糊。到后来，女厨师的身体急剧衰竭，视力变得模糊了，她的烹调受到了很大限制，很多调味品只能是大概估摸着投放，菜肴的味道就变得十分怪异了。尤其有一道主菜，需要的用料很复杂，她开列出的单子，足有一尺长。我分派给她的助手向我抱怨多次了，说按照女厨师的单子，到市场上去采买。去的是她指定的店铺，买的是她指定的品牌，产地和品种都没有一点儿问题。可拿回来之后，她硬是说不对，让助手把原料统统丢了，重新再买。助手说，我真不知道这是怎么回事。她的癌症是不是已经转移到了脑子？

我安慰厨师助手说，你是在帮助一个人完成最后的心愿。你要用最大的耐心来做这件事。

助手说，这个工作要持续多久呢？我都要坚持不住了。

我说，也许不要很久，也许要很久。不管多久，我们都要坚持。

我忍不住插嘴问，那你们究竟坚持了多久呢？

医生说，二十一天。从女厨师开始做那桌菜，到最后她离世，一共是整整三周的时间。我记得很清楚，开始是在一个周六，结束也是在一个周六。星期天的时候，她的丈夫来找我，说女厨师在清晨的睡梦中，非常平静地走了。女厨师昨晚临睡前说非常感谢医生，并让自己的丈夫把一封信送给我。

我刚要开口，医生说，你想问我那封信里写了什么，对吧？我可以告诉你，那其实不是一封信，只是一个菜谱，就是那道没有完成的主菜的菜谱。女厨师的丈夫说，女厨师很抱歉，她不是不能做出这道菜，之所以让助手一次次地把材料放弃，是因为她知道自己已经没法把这道菜做得非常美味，实在是心有余而力不足。为吃菜的人考虑，还是不做了吧。为了弥补遗憾，就把这道菜谱奉上，转给食客，以凑成完整的一桌。

我说，那些菜肴都是谁吃下的呢？

医生说，我。每次都吃得非常干净，从没有剩下过一片菜叶。

可否让我陪你哭泣

哭泣是一种本能，古代人却害怕它。因为哭泣代表着一种极端状况的发生，人们会本能地回避。

我说过，自己在妇产科工作时，接生过很多小婴儿。假如是顺产的孩子，他们降生后的第一反应，就是号啕大哭。其实，这种音响的本质不应该被称为"哭"，他们从温暖的子宫降生到外界，感受到了寒冷，再加上压力骤然解除，肺部扩张，强力地吸入空气，就发出了人们称为哭喊的声音。实话实说，这种啼哭，并不哀伤，只是一种体操。

我觉得真正区分哭泣的哀伤程度的，是眼泪。

其实哭是可以分成两种的，流泪的和不流泪的。没有眼泪的哭泣，更多的是压抑。只有那种泪流汹涌、滴泪沾襟的哭泣，才有更大的宣泄和排解压力的作用。

洋葱也会让我们流泪，不过洋葱泪只是一些简单的水分。而人们因为悲伤流出的泪，含有大量的激素和荷尔蒙。

悲伤或愤怒的眼泪包含着脑啡肽，是大脑缓解疼痛的溶解剂。哭泣触动了分泌与释放荷尔蒙的化学物质，排出了造成压力的荷尔蒙。这是一种宝贵的外分泌过程。我们要找回哭泣的能力，好好利用这个武器。眼泪能排毒啊。

聆听别人的痛楚，常常让我们觉得难以忍受。

有一阵子，我的诊所里接二连三地来了一些丧失亲人，需做悲伤治疗的人。他们之中少数人是无声地哭泣，让眼泪顺着面颊汹涌而下。大部分人会撕心裂肺地痛哭，几乎声震寰宇。

诊所的工作人员说，她在外面都听得到声如裂帛般的哭声，我近在咫尺洗耳恭听，如何受得了呢！

我说，事实上并没有你想象的那样难挨。天下之大，其实难以找到可以放声一哭的地方。从这个角度来说，他或她，能够让我陪伴着痛哭，是给予我极大的信任啊。

在朋友的交往中，也常有这种情境。

如果你觉得不可忍受，多半因为这痛苦，也正是你掩藏的创口。别人的叙述，像一柄挖掘的铲，让你的陈血也开始喷溅。这种时刻，你不要轻易放过。如果你不能倾听，可以躲开，但要讲清自己不是厌倦，而是无力支撑。我相信真正的朋友会理解这一点的。如果不能理解，也就不可久交了。

当你歇息下来的时候，不要轻易放过那稍纵即逝的痛楚。我猜，身体已经习惯于包裹最深的弹片，轻易不愿触动。不过还是要把它挖出来，虽然一段时间内会血流不止，不过伤口终将愈合。如果一直遮掩着，倒有可能变成精神的败血症。

提防你的心理医生

谁都不是谁的女娲石，离了谁，天都不会总是漏着。

女娲是补过天的。当初笼罩万物不可一世的苍天，都曾漏过，还有什么事情不可以有缺憾呢？世界上还有什么事情值得惊讶呢？

每个人头上都有自己的一方天，我们的天也会漏，漏下风雨，漏下冰雹，甚至还会漏下鲜血，漏下妖魔。漏了就要补，自己炼出五彩石，自己蹬着山顶来补天。

悦纳自身。这是一条安身立命的法则。珍惜你的智商，但不要无限度地挥霍。就算你有盖世的聪慧，如果宣泄渠道太多的话，才华必涣散。你还记得激光吗？凝聚为那样锐利的一点，才能达到极高的速度。

无论是科学还是人文，它们的出发点和最终归宿，永远都应该是对生命的挚爱。

我觉得有三门科学和生命靠得最近。一个是医学，这是不言而喻的。还有一个是心理学，这几乎也是不言而喻的。心理学和医学，是与每个人都密切相关的科学。你可能要说，哪一门科学和人类不是密切相关呢？如果从宏观层面来说，的确每一门科学都和我们息息相关，但细分起来，比如研究遥远的太空白矮星，就和普通人关系不大；比如研究远古时代就灭绝了的某一种恐龙，也和今天很有隔膜。心理学和医学就不同了，每个人都沉浸其中，你逃不掉躲不开。

还有一个是文学。文学就是人学，这是一句几乎说滥了却千真万确的话。滥话有时是真理的通俗版。

我有幸学习了这几门科学。最好的科学，应该始终贯穿着对生命无与伦比地尊重和喜欢，就应该传递一种春风拂面的感觉。可以有顿挫，但必定要保持着和正常体温一样的和煦温暖，不可以冷血，不可以佶聱难懂，不可以炫目。殊不知，所有的心理现象都发生在活生生的人身上。心理学必须和实际非常紧密地结合，真正对人们的心理健康有裨益，否则就是屠龙之术纸上谈兵。

深奥的心理学学说，应该低下晦涩的头，以大众能够听得懂用得上的方式，进入寻常百姓家。从本质上讲，心理学同医学一样，都是人学，每一个人都和这门科学息息相关。如果临床心理学让人几乎弄不懂，那不是普通人的过错，是心理学家的耻辱。理论和拗口的术语并不是一回事，理论是必要的，它应该给我们带来新的思路和信息，但拗口的术语与现实脱离就是隔靴搔痒。术语通常是一种权力象征，有人之所以要不断喋喋不休地喷吐术语，意在强调自己的权力。不要把心理学变成高高在上的玄学。

在物理技术的威胁之外，心理技术的威胁通常被忽略了。也许比原子弹的存在更为危险的，是导致人性堕落的心理技术。

所以，有的时候，要提防你的心理医生。心理医生并不是万能的，也并不都是好人。像世界上的任何一个行当一样，这里面，也潜藏着害人精。比如，从前我们说教师是人类灵魂的工程师，以为他们都高尚和诲人不倦。现在这神话被击碎了，人们不再迷信。从前说医护人员是天使，现在不断爆出有披白大褂的豺狼混迹其中。心理医生这行当，也必有败类，你可要当心。

人生的九大关系

我的一篇散文《我很重要》被收入到中学语文课本中，并多次在考试卷子中出现过，关于它的中心思想、段落大意、修辞手法等技术问题，也成了若干语文老师和我探讨的题目。说实话，我对于分析自己文章的内涵和技巧，噤若寒蝉。写的时候只是有感而发，完全不曾想过如何剔骨抽髓地来分析它，经常被问得张口结舌，像极了那文章本不是我所写，不知从哪儿抄来的。

曾经接到过一位中学语文老师的信，和我商榷此文的中心思想。他的大意是说：这篇文章的主题思想本来是想说每个个体都是很重要的，但立论的方式和论据，却都是说我们在相互的关系中是多么重要，这就成了一个悖论。他认为：一个人，即使不在任何关系中，也是非常重要的。

我明白他的观点，但我无法想象人可以不在关系中，就如无法想象一条活蹦乱跳的鱼，可以在水之外遨游。

我们所有的人，终其一生，都是在各种各样的关系中搏杀。听一位美国心理学家讲授抑郁症的发病机理，他认为：所有的心理障碍，都是因为关系出了问题。

关系无所不在。人的关系基本上可以分为以下九类：

1. 自我：这比较好理解。人和自己的关系，是所有关系中最彻底最主轴的关系。

2. 父母：没有父母就没有我们的肉身。父母和我们心灵的关系，也是无与伦比地密切。

3．兄弟姐妹：这似乎不难理解。就算是中国现在实行独生子女政策，人也依旧会有情同手足的友人。如何看待和自己年龄相仿的同时代的人，肯定是逃不脱的重要课题。

4．异性：哈！不言而喻这个关系的重要性和复杂性，古往今来已经谈论过太多。然而，谈论得再多，也比不上实际情况复杂。

5．子女：和异性结为亲密关系之后，如果没有特别的措施和意外，我们就会有子女。那么，你崭新的历史篇章就掀开了。这个关系，对某些人来说，简直比数十篇学术论文还要复杂，够你一生殚精竭虑呕心沥血的了。

6．同侪："侪"这个字，好像有点遗老遗少的味道，现代人似乎很少用。字典上查，此字含义很简单，就是朋辈。人不可能没有朋友，做任何事，都要学会团结，都要学会合作，和自己的同辈人团结，应该是人生的必修课，要学会炉火纯青地处理这档关系。

7．大自然：哦，这个关系的重要性，就不用我啰唆了。要是处理不好，付出的代价就是像恐龙一样灭绝。（当然，恐龙灭绝的责任，不由它们自己来负。）

8. 死亡：和死亡的关系，是所有关系里最确定无疑的，谁也躲不掉，无论逃到哪里，如何乔装打扮，死亡最后都会不动声色地把你捉拿归案。既然迟早一定要见面，处理好了这个关系，你就能更好地享受生活。处理不好，死亡以不速之客的身份，猝不及防地来访，你堵着门不让它进来，它也一定会神通广大地破门而入。那时，没准备好的人会惊慌失措，会后悔还有那么多的事情未曾完成。为了从容走完一生，这个关系是一定要处理好的。学会和未来的死亡和平共处，直到你跟着它走的那一天。

9. 宇宙：人和宇宙的关系，表面上看起来，好像不如前八大关系那样，和我们的日常生活密不可分，其实，不然。你每天晚上仰望星空，那就是宇宙在和你对话。宇宙是比大自然更广大的范畴，它将考验一个人对那些无比壮阔无比悠远的时空体系的尊崇之心，它将让我们一己卑微短暂的生存和一个雄伟壮丽的体系发生连接。我们从那里来，也将回到那里去。看看宇宙，再看看自身，自豪和悲怆像豆荚中孪生的豆粒，如此新鲜多汁浆液饱满。它看似脆弱，实际上正是对付日常琐屑事物最行之有效的金刚铠甲。

九大关系，我们若能得到及格分数，人生就安然了。

你知道大脑里有"哑区"吗

人们日常活动的百分之九十来自习惯和惯性。改变它们的动力，藏在我们的潜意识里。不要急，心理的洁净，也要渐次完成。

潜意识的力量更需要和谐统一。它们原是一群乌合之众，是在你不能控制和无察觉的状态中，占据了你的大脑皮层，生生不息。有一部分还是集体无意识，简直就是神秘地潜藏在你的基因中，如同你的相貌一般，与生俱来。除了照单接受，你别无选择。

无意识是一个黑暗的王国，却在百分之九十以上的时间里，主宰着我们。难道你不想进入这个王国，看看它的疆域和版图吗？即使没有阳光，也要有火把。实在什么都没有，有萤火虫的微光，也强似在黑暗中盲人瞎马夜半深驰。

整合你的无意识，将散兵游勇训练成骁勇征战的兵丁，是你的职责。否则，你就永远是它们的奴仆，无甄别地听从它们的号令，那你可就惨了。

在你的内心深处探索并确定它们的真正爱好和需求，引导你的行为和意识达到高度的完整和协调，你的力量将迸发光芒。

特别佩服弗洛伊德潜意识的理论。按照这个理论，在我们的身体里面，还住着一个黑暗王朝，它就是我们的潜意识。它蹲踞在幽暗中，既庞然大物又虚无缥缈。当年做医学生的时候，听老师讲解大脑皮层的构造。哪一个区域是管嗅觉的，哪一个区域是管语言的，都分得清清楚楚。不过，仔细看过去，却又心生疑问。将所有已知的区域都计算下来，并不能覆盖整个大脑皮层，还有辽阔疆域，不知道是干什么用的。我问导师，余下的这些地方是管什么的？导师说，那些地方叫作"哑区"。就是在普通的研究中，找不到它们具体管辖的功能。如果你的脑子里长了个瘤子，假若长在语言中枢，我们平常叫作"布洛卡区"的地方，就算脑外科医生成功地取出了你的肿瘤，可是你却从此不能说话了，你丧失了语言的功能。如果瘤子长在哑区，切除之后，表面上看，这个人并不会发生明显的改变……这就是哑区名称的由来。

真的是这样吗？我心生疑惑。大脑乃寸土寸金之地，哦，不。用寸土寸金哪能表达大脑的金贵？简直就是"寸土寸钻"才勉强相当。要害之处哪能容得这般荒芜寂寥呢？

临床医生们在为患者的脑瘤长在哑区而欢欣鼓舞之时，并不负责解答哑区是干什么用的这个问题。

我至今没有找到潜意识和哑区关系的确凿表述。资料常常说"我们的大脑中还有百分之九十的区域没有开发"。同时又看到另外的说法，就是"我们的显意识大概只占人的整个能量的百分之十，其余的百分之九十都属于潜意识，在我们的意识之外存在着"。

这两个百分之九十之间，有没有什么冥冥之中的缠绕？

允许我做一个大胆的推测。大脑中没有什么哑区，所有的区域都在发出自己的声音，只是我们有的能听到，有的听不到。哑区中住着我们的潜意识。你虽然没有听到它的声音，它却没有一时一刻是沉默的。它用自己的方式强大地影响着我们的情感和行为，只有我们自己还蒙在鼓里。

也就是说，如果你真的把自己的潜意识调试好了，把它们整顿和领导起来，你和你的自我意识达成高度的协调，你就走在了趋向完美的道路上，你就渐渐掌握了异乎寻常的能力。其能量的强大威力，会让我们惊喜不已。从前有个成语，叫作"以一当十"，总觉得那是夸张。就算真有这般悬殊，恐怕也是拿彪形大汉和弱不禁风的衰人相比，他们或许在体力上有此分别。现在用于潜意识被开发出来之后的结果，这个账就好算了。显意识只占百分之十，成就了此刻的你。如果把潜意识中百分之九十的能量都发挥出来，当然就是九倍的勇气和智慧，你就真正地"以一当十"了。咱们共同为这一天而努力吧。

而心理治疗的神秘之点，就在于影响个案潜意识的心理模式，包括其价值观和行事法则的渐变或是突变。潜意识的重组，才能促成对方有效而持久的进步。

神秘吧？

划分你的人格

我很喜欢一位美国女心理学家对人格的分类。

说起人格这个东西，看不见摸不着的，但又和每个人都息息相关。女孩子要是喜欢某个人，通常会说这个人有人格魅力；要是鄙夷以至唾弃某个人，就会说，这个人简直丧失了人格！我们若是指控谁没有人格，那就几乎是说他是不齿于人类的狗屎堆……可见，"人格"是非常重要的东西。

关于人格的分类，从古希腊时代就开始了，大家一定都学过什么黏液质、多血质的分法，也一定往自己和身边朋友的身上套用过。我当初也兴致勃勃地尝试过这分类，虽然有趣，但似乎不大准，就不再把它太当回事了。

心理学家对人格的分类，从来没死过心。一招不成，再来一招，前赴后继地分下去。林林总总的人格分类法，让人眼花缭乱，到现在，据说已经有近百种体系。其实人格是指每个人具备的心理类型，它控制着一个人的情绪、行为和决定，有一定的规律可循，具备一个完整的系统。因此，它是可控的、可重复的，也是可以预测的。对于一个正常人来说，人格这东西，只有一个，就像我们的血型，每个人必须有，一人一个。如果人格多了，可不是什么好事情，那就成了病态。你有两个人格，就叫作"双重人格"。如果有更多种人格并存，就叫作"多重人格"。医学上管这后一种状态叫作"获得性身份识别障碍"，属于精神科的棘手疾患。

好了，咱们不说病人，还是说说咱们正常人。关于人格划分的方法，有很多种，各有各的道理。人格这个东西，有比血型还复杂的地方，就是没法用医学的方法测定。比如你要是想知道自己是什么血型，到医院里，刺出一滴血，几分钟时间就可以得到准确的结果。你出了这个医院，到世界上的任何一家别的医院，查一查，还是这个结果，不会变化。但是人格就不同了，至今还没有找到一种方法，可以如此简便快捷地查出人的人格分类。

我说的这种人格分类法，非常简单，好学好记。我试着用它给周围的人分分类，还挺好用。在这里呈献给大家，以供参考。

人格共分为四类：

第一类：道德卓越型。

这一类人，以追求道德操守的高尚为自己终生的目标。他们可以为了一个理想和众人的福祉，甘冒流血牺牲的危险。在任何艰难困苦的情况下，都有坚持的毅力和勇气。

记得早年间读过高尔基所写的《丹柯的故事》，年轻的丹柯引领着饥寒交迫的人们穿过密林，当人们疲惫不堪怨声载道的时候，丹柯怕人们走不出密林，英勇地撕扯开自己的胸膛，把燃烧的心变成一支火炬，打开求生的通道。当人们终于走出森林，看到霞光的时候，丹柯死了。被他拯救的人们反而用脚把他破碎的心踩灭，迸溅出蓝色的火星……这故事中的丹柯，就是这种人格的人。

第二类：领导控制型。

这种人是很容易识别的。你抬头望望，周围的领导大部分都是由这种人组成的。而且我觉得如果你骨子里是这样的一个人，想不让你当领导都不容易。如果这样的人当不上领导，他们会牢骚满腹指东道西，满身都是怀才不遇的怨气。这种人如果道德操守冰清玉洁，勇于承担并意志顽强，我非常愿意他们披荆斩棘地站到领导岗位上，不推诿敢担当，能够忍受常人不能忍受的精神磨难，不避艰险地为大家负起繁重的责任。

第三类：表演型。

这比较好解释，也比较好找例子。比如演艺界的人，基本都是这个类型。如果他不是这个类型的人，当了演员，就是阴错阳差，自己痛苦不说，也成不了好演员。我以前不知道天下有这样一类人的时候，对周围那些特别爱"人来疯"的人，颇为不解。觉得他们是爱出风头，爱吸引人注意，爱惹是生非，爱表现自己……等知道了这是一类人的特点，也就宽容了许多。这就像有的树高大笔直，有的树婀娜多姿；有的是乔木，有的是灌木。人类是从远古走来的，那时就有领唱号子、表演舞蹈的人，他们的后代沿袭至今，以娱乐大众夺人眼球为追求，也算得源远流长的接力赛了。

由于现代通讯手段的快捷，我几乎觉得一个好运动员，也要具备表演型的天才。也许以前这一点还不突出，因为只要你埋头苦练体能出众，心理素质好，胜算就比较大。现在不成了，无数人盯着你看，运动员在某种程度上成了演员，奥运男子百米冠军博尔特，就把赛场当成了舞台。今后的竞技体育选手，要是没有一点儿表演型的基因，要成为超一流的选手，可能比较吃力。

第四类：舒适型。

这一类人，把个人的感受看得比什么都重要。他们期望安稳惬意，常常放弃人们认为的高官厚禄，只图自己的清静安适。当然了，在必要的时刻，他们也会冒风险和舍得付出，但这通常需要强大的理由。他们很清楚自己是做出了牺牲，是违背天性了。一旦条件有所变化，他们有机会摆脱这种艰苦状态的时候，就会扬长而去。

我不知道这四种分类是否可以囊括所有的人。要知道，任何一种分类法都不可能包治百病，都是不完全的，都能找出特例。尤其是人性的复杂和丰富，更使人格的划分变成一件费力不讨好且危险的事情。不过我们依然需要这样的划分，它会使世界变得比较简单明了和有规律可循。也许那种把人划分出几十种类型的分类法，更让人觉得玄妙和尊崇，但我还是觉得真理往往是简单的。

当然了，人不是河流，不会泾渭分明。具体到每个人，很可能是兼具两种类型甚至更多型的"杂交"。可我还是相信，总有一种类型是其性格的主要方面，其他则是次要方面。

扯了这么远，回到咱们的话题。如果你所找的配偶，是道德卓越型的人，你要评估一下自己是否也是这种人。道德卓越的人，远观是很容易让人敬佩和仰视的，但真正作为一家人，你就要接受他们把众人的利益看得比你更加重要这样一条铁律。你不能做出一个判断——他对外人都那样好，对我一定会更好。不，不是这样的。当你和他结为一体的时候，他的确是不把你当作外人了，他把你当作自己人的方式，就是让你同他一样付出，一样奉献。他把自己置之度外，当然也会把你置之度外，对这一点，你可要有足够的思想准备啊。如果你不能接受，就会爆发出很多矛盾，你会委屈，会觉得自己在他眼中，为什么还不如一个外人？那是由他的世界观和方法论所决定的，与你的重要性无干。

对于总是牺牲自己亲人利益的人，你要三思而后行。这种人道德高尚品质卓越，除非你也是一个这样的人，否则，不要嫁。因为这种品质就像稀有的艳钻，如果你没有绝世美貌可以匹配，就要量力而行，甚至退避三舍。

查查你的归属感

心理学家阿德勒说过："人最大的需要就是归属的需求。"

如果你觉得自己乱成一团百无一用，很大的可能就是在这上面出了问题。归属，这是太不可忽视的内心需求，尤其是小孩子，如果他没有培养起正常的归属感，一生都会摇摆飘零。

有人四处走动，是为了寻找一个温暖的地方留下。有人不断告别，是因为没有谁能挽留他的脚步。有人不断超越，只因为梦想的指引无法止息。

归属，是人的第二生命。这一点是早期人类社会遗留给我们的集体无意识，你无法抗拒啊。

当然了，从那时到现在，许多年过去了，我们已经不怕被踢出一个山洞而无法生活，但恐惧依然强大地存在于每一个细胞之中，甚至能彻底动摇我们的自信。比如发言恐惧，就是常见的例子。很多人以为这毛病是胆子小，其实不然。人们尽可能地不在集体场合发言，以避免被人视为异类，就是归属感缺失的孑遗之一。因为如果你说出的话和众人不符，你就等于宣战。

请听凭内心

根据心理学的原则，人的行为动机无限多样，具有不可猜测性。所以，你不必时时处处知道别人怎样想，你只要很清楚地知道自己是怎样想的，就相当不错了。

也许你要说，知己知彼百战百胜嘛！这句古话固然不错，但那充其量只是一个充满了浪漫主义的想象。有谁能在一生中百战百胜？既然不可能，那么也只有听凭内心，况且人生也不是战场，有什么必要在和别人交往中，百战百胜呢？那是战争哲学，不是快乐的处世之道。

我们不能随随便便改变生命中最基本的食物，这就是我们的集体无意识。我们不能改变友爱，这是我们从远古到今天不至于灭亡的法宝之一。我们不能不歌颂勇敢，因为那是祖先的光荣，我们不是懦弱者的后代，不是，永远不是。我们必须珍视凌越一己生命之上的某些东西，因为正是它们，将我们和动物区分开来。我们只有爱好光明，不然我们会成为黑暗中的蛆虫……就这么简单。如果你想撼动某些精神的法则，只有你自己的灭失作为结局，而人类依然向前。

请消除对于生存之艰苦的怯懦。

我们有理由怕苦。怕太热，怕太冷，怕风沙，怕熊罴……总而言之，怕那些令我们不舒适的东西。

不过，所有的新发现中，都会有一些不熟悉的因子存在着，都会有风险和失败等着我们。消除这些恐惧的最简单的方式，就是不畏惧生存之艰苦。当我们的身体能够适应苦难的时候，我们的意志也往往会跟随。

把很深的想法，用很浅的话语说出来

有一个秘密：当你开始接受一个新的观点的时候，你以为自己已经忘记了你以前习得的其他不同的说法，但那是不现实的。

不经过艰苦的放弃，以前的观念不会轻易退出，因为它们已经深入到你的脑子里了。

把很深的想法，用很浅的语言说出来，这是有能耐的表现。

让人轻松的东西，比较容易进入他人的思维系统。如果太复杂太一本正经了，很可能从一开始就发生抗拒和逃避。再好的理念，也被隔绝。一个好的框架，只有进入了对方的大脑沟回，驻扎在那里，潜移默化地变成了行动，才算真正有效。

自我意识是人一辈子的功课。在这个过程中，充满了挑战、选择、挣扎和改变。在这个时间段中，我们将尝试我们可能达到的高度和广度，铺排我们的生命状态可以怎样绚烂多姿。

当然了，你也可以选择退缩和一事无成，那样的话，你就和一个丰富的生命无缘。当你离开这个世界的时候，你会遗憾自己有那么多的想法未曾实施，大幕就已悄然闭合。

孜孜不倦地爱与被爱

如果你从不出错，
这是一个悲剧。
一是自己太累，
二是你周围的人会视你为怪物。
让自己在无伤大雅的时候出一点儿小差错，
不会暴露出你的无能，
只会彰显出你的可爱。

寻找你的金字塔

如果你期待自由，那么女人真正的自由，不在于拥有多少金钱，而在于拥有多少自由支配的时间，并且同时还能有饭吃有衣穿有房子居住，并且享有创造和尊严。

我特别喜欢美国人本主义心理学家马斯洛的"人的需求的金字塔"理论。我觉得这个发现的重要性，简直就相当于物理学界的相对论。其划时代的伟大意义，怎样估计都不为过分。大家对这个理论可能都已经有了解了，也许有人记忆中不是太清晰，容我再来复述一遍。

我到过埃及，当我真正站在金字塔旁的时候，举目四望，苍凉的大地上，金字塔如同蹲坐在地上的巨兽，稳固坚定尖锐。它的底盘硕大无朋，扎实得如同从大地上生长出来的山脉。越往上走，它越显出某种锐不可当的昂扬，直刺苍穹。

我猛然间就想到了马斯洛的理论。

心理学很有趣的一点，就是假说无法证明。迄今为止，潜意识是化验不出来的，"本我""自我""超我"，并没有相应的正常值标准。你无法拿出翔实的数据，说一个人的收入到了怎样的一个界限，就是完成了心理需求的第一阶段。你也没法子把某个人的血液化验一下，以确定他是否具有完成创造性思维的潜质。一切都那么含糊不清，又那么铁证如山。比如有的贪官财产已经成千上万，但他还是疯狂地敛财，那些钱也并不消费，只是存在暗室中，好像一个超级守财奴。我看到过一个报道，说是某贪官每天都要数钱，如果他当天收受的贿赂没有到达一个标准，他就惶惶不安，觉得自己虚度了时光。如果用金字塔的理论来衡量一下，这个人是完全没有安全感的。

好吧，让我们再回到人的需求的金字塔面前。

在最庞大的基座上，是人的生理需要。在连最基本的温饱都没有解决的时候,人真的很难顾及其他。也许有人在这种情况下能够放眼世界,考虑万事万物,那就是圣人了,是我们这样的普通人不可企及的。一般的规律是——当我们的生理需要得不到满足的时候,别的高层需要都是镜中花水中月,痴人说梦。

好了,金字塔有了第一层,之上就是安全的需要。这一层需要比较好理解。有了钱,马上就要在自家安装防盗门,当一贫如洗的时候,常常是夜不闭户的。更有甚者,有了钱,就觉得原来下里巴人的住所不安全了,要搬到有保安和二十四小时监控设备的高档小区。反过来的例子也比比皆是,比如常常可以在桥梁的涵洞里和空旷的马路边,看到一个流浪汉睡得十分香甜。人们常常不理解,说这里多不安全啊,他怎么还能睡得着?!但事实就是,他不但睡着了,还鼾声如雷。这如何解释呢?用马斯洛的理论就很好解释。因为他的温饱都没有完全解决,所以,他顾及不到安全。

如果安全问题解决了,后面就是爱的问题。有人也许会说,食色性也,爱为什么不放在第一层次里?

我的理解是，爱里面包含着性，但爱绝不等同于性。真正的爱，只有在生存和安全的需要满足之时，才会生发出来，才能有最稳固的温床。如果仅仅是为了繁衍的需要而发生的性活动，是不能称之为"爱"的，那只是一种动物本能。

最近有房地产商，说未婚女青年对房价的快速上涨有推动作用。他倡议年轻人先租房来住，待生活事业都有了进一步的发展之时，再来买房。我对于房地产完全是外行，至今住在单位福利分房的公屋里，隔岸观火般地看房价起落。我每天会看一档做饭的节目，这个节目之后，是一个征婚的节目。有时候上一个节目完了，我正在接电话或者有旁的事情打岔，就没来得及换台，便看到了征婚的若干信息。房地产商人说得不错，果然是未婚女青年在征婚要求中，几乎千篇一律地要求"有独立住房"。试想一下，一个刚刚参加工作的男生，到哪里去占有独立住房呢？所以，这个条件，明摆着就是看你的家庭是不是有财力为你置办房产，就是"啃老"了。

其实，设身处地为女青年想想，我觉得这是她们对安全感的一种要求。女性总是格外需要安全，这不仅是因为她们与男性相比，力量比较匮乏，也因为还要肩负孕育和哺乳的担子。这需要房子居住，也是人之常情。

好了，回到咱们的话题。在安全和爱之上，就是人对于尊严的需要。这一点，请你务必记住。尊严是精神的维生素，是万万不能缺少的。中国原来有句老话，叫"人穷志短，马瘦毛长"。解放以后，是穷苦人民当家做主的年代，觉得这句话伤了穷人的自尊心，就不怎么说了。其实这话里有一种残酷的潜规则，就是一个人在饥寒交迫的时候，是很难顾及尊严的。你可以吃人家唾弃的东西，也顾不上起码的礼节……这都不是耻辱，不过是随波逐流见机行事。人是不可能超越环境客观条件的，起码对一般人来说，是这样。

一个人要是丧失了尊严，是非常可悲的事情。一个家庭要是丧失了尊严，就会被千人所指。一个国家要是丧失了尊严，就叫作丧权辱国，奇耻大辱。

对一个女子来说，我觉得尊严感更为重要。可能有人觉得女子是较弱的群体，力气小，担任的职务通常比较低，以为她们就会对尊严感比较迟钝，这是大错特错了，尤其在感情方面，女人是敏感而又自尊的。

不要保存爱情的木乃伊

如果你不爱一个人，就请明晰地告诉他。这样，即便爱不存在，尊重还活着。如果你出于悲悯或是胆怯，将不爱说成爱，那不单是对他人的欺骗，首先是对自己的大不敬。世上有多少悲剧，是在爱的大旗下行伪。

不要相信做不成恋人的人，还能做朋友。那是圣人的行为，不是我等凡人可做模仿秀的。那些说做朋友的人，是在杀死一个人之后，还留着带血的手套。这是悲怆的纪念，也是惨案的证据。

其实每个人内心的能量，并不像我们想象的那般强大。不要制造剑拔弩张的险情，考验我们饱经磨砺的灵魂。回忆是无时无刻不在的镣铐和折磨。我们的情绪依循着单向的轨道，由俭入奢易，由奢入俭难。亲密无间是情感的奢侈，形同陌路就是情感的贫瘠。

不要保存情感的木乃伊，无论它腹中充填了多少名贵的香料。梭罗曾经说过：保存尸骨，是一种违背天地的罪行。违背上天，是因为上天已经召回了灵魂，已解除了它的义务。违背大地，是因为本来属于大地的尘土被劫取为他用了。

一双跋涉了很远路途的双腿，就让它歇息吧，不要驱赶它爬向另一座高山。

让我们彼此善解人意

善解人意通常是一个优点，但太过善解人意就成了缺点。你无法发现自己的真正想法，它刚一冒头，就淹没在他人意愿的滔天洪水之中了。善解人意的表达在有些时候就变成了"讨好"。

在人们的印象里，善解人意是个褒义词，尤其是贤惠女子的必备条件。君不见征婚启事中，众多的男人都要求将来成为妻子的女人要善解人意。这其实是半句话，下半句话是什么呢？就是你既然懂得了我的意思，就请照我的意思去执行吧。

他们为什么不把下半句话也明明白白地说出来呢？因为理论上大家都是平等的，不好意思说"将来在家里，要以我的意见为主"这样独裁霸道的话，就偷梁换柱改换成了这种看似美德实际上是不平等条约的要求。

如若不信，那么我们换一种说法。如果我们夸赞哪个男生最出众的品质是"善解人意"，恐怕人们会嗤之以鼻，觉得这个人是不是女里女气的没点男子汉的气概啊。

这就是"善解人意"的苦涩的内核。

所以，如果说这世界上真有"善解人意"的优点，你首先要善解自己的意思。不要牺牲了自我，去成全别人的意思。你的"人意"我要能解，我的"人意"请你也要能解，大家彼此都善解人意，游戏才可以长久地玩下去。

一个人可以和自己的血液分离

其实，天堂和地狱的距离，并不像人们想象的那样大，它一点儿也不遥远，都在女人的心中。一个人就可以让你上天堂，一个人也可以让你下地狱。

看了这句话，很多人就会想到是别人让自己上了天堂或是下了地狱，其实，我指的这个人就是你自己。

很多女人常常觉得是某一个男人让自己幸福或是不幸。表面上看起来，有的时候的确是这样的。同学聚会，你能看到某个女子简直是泡在蜜罐里的杏干，浑身都散发出蜂蜜的香气。可下一次，斗转星移，该女子就成了猪苦胆腌出来的黄连，凄苦得如同败絮。究其原因，都是因为一个男人的爱与不爱。当你依靠别人的力量登上天堂的时候，就要想到会有风驰电掣跌下的一天。所以，我看到依偎着的伴侣，就会生出担心。

你要上天堂，请自己登攀。

常常想，一个人的生存状态，就这样岌岌可危地取决于另外一个人吗？那个人是天堂和地狱间的吸管，能让你像液体一样在这狭小的管腔中来回流动吗？是谁给了这根吸管如此大的法力？是谁把你变成了哭哭啼啼的液体……

感情纠葛中，痴情男女所问的"为什么"特别多，多到让人厌烦。发问者必将寻求答案。这是一句古老的喀麦隆谚语。类似的话，在民间智慧中，屡屡出现。

有一个姑娘面对与恋人的分手，痛苦万分。在QQ上，恋人对她说，你是我血管中的血液，可我还是要和你分手。

女孩子对我说，他都说我是他的血液了，可见我是多么重要！我就想不通，一个人怎么能和自己的血液分离呢？那他不就立刻死了吗？！这说明他还是爱我的呀！

我说，不要相信那些理由。不要追问太多的为什么。有的时候，所有的理由都是借口。你需要接受的只是答案。

他说得很对，你是他的血液。可你知道，人流出几百毫升血液是不会死的。就是流出了更多的血液，只要能很快地输血，人也是不会死的。真正死亡的是那些流出身体内部的鲜血，它们会干涸，会丧失鲜红的颜色和蓬勃的生命力，成为紫褐色的血痂。

那个女孩子愣了半天，最后说，哦哦，我不再问为什么了。我从现在开始储备勇气，去迎接那个结果。

家庭不是单纯的你加他，而是"你们"

每个家庭，都是一个系统。

系统的主要特点，在于其组成部分的相互作用。比如，一个妻子或是丈夫，别问我从他或她那里得到了什么，而换一种问法——我从相互间的亲密关系里得到了什么？这看似是个小小的不一样，但带来的却是对你的婚姻关系的重新认识。

也许有人会说，我看不出这其中有什么大不同啊。

有的。你和他结合在一起，就不是单纯的你和他了，而是"你们"。

只要走进了婚姻，婚姻就成了职业。既然你对工作都能加班加点，对老板都要毕恭毕敬，那么所需的对于家庭这个职场的敬业，更是不言而喻的。

夫妻双方是否能够琴瑟合鸣，很多人都以为是性格问题，忽视了一个重要的智力问题。要寻求智力之匹配，这就成了一场饶有兴趣的棋逢对手将遇良才的博弈。玩得好，就兴致盎然。玩得不够好，彼此好和好散。玩得太差了，就成了冤家对头。

当然还要寻求刺激程度之匹配，如果一方非常保守，另一方非常激进，多半凶多吉少。一个高，一个低，低的永远无法理解高的，高的也不能谅解低的，就会累，累久了，人就想逃避。以前还有传统美德管着，一方委屈着，将就着，凑合着还能相安无事。现在，谁也不愿委屈和凑合，基础倾斜，大厦就不行了。

我最敬佩的那种夫妻关系，是经过长时间的磨砺，双方最好的部分都契合在一起。彼此之间沐浴着对方的芬芳，成为一块温润透彻的美玉。可以一起被雕刻和粉碎，却不可能分离。就是死亡，也不能将他们的灵魂剔开。

有情人终成眷属，自然是极好的。但成了眷属之后，又将怎样？还有很多无情的人，成了眷属，又将怎样？所以，题目并没有完结，道路也还要一天天地走下去。

最实在的希望是所有成了眷属的人，都能日积月累地养出一份深情。

血缘之外无兄妹

血缘以外的哥哥是永远不存在的。即使是在远古，哥哥最终也和妹妹结成了夫妻。所以，如果你不打算最终和他同床共枕，就放弃哥哥这个梦想，独自一个人面对分别。

当无法忍受可怕的孤独的时候，最常见的方法就是否认。煞费苦心地妄想融合，然后宣称：我并不孤独。我是某某的一部分。当人一心想着与某人融合的时候，通常会被当作"依赖"。

不要靠异性之爱来对抗孤独，也不要靠"哥哥妹妹"来对抗孤独。不要依赖婚姻，也不要依赖友谊。

我听过太多的哥哥妹妹最后成了怨偶的故事，多到懒得重复来说。可惜这样的局面还在不同的时间和地点不知疲倦地上演着，让人啼笑皆非。

如果你和他分手，就彻底消失，对你对他都是尊重，且是痛苦最小的分离之法。以为认了哥哥妹妹，会缓解痛苦稀释怨恨，那是一厢情愿。恋人们最后可以成为哥哥妹妹的说法，就算不是成心自欺欺人，也是无聊的代名词。不能把料器当玉器，更不能把鱼眼当珠子。

佛教中有个说法，浮屠不三宿桑下。说的是僧人在化缘的途中，不可在同一棵桑树下连着露营三晚，那样就会让自己对这棵桑树产生感情，会因眷恋羁绊了脚步。可见感情的力量是多么强大，清心寡欲的僧人尚且如此，无知无觉的桑树尚且如此，况乎痴男怨女！

所以，如果你不爱他，就不要长久地和他耳鬓厮磨。那不单单是对自己不负责任，也是对他人的误导。

冬天的夜里，请多准备一件外套

冬天的夜里，请多准备一件外套。不要让别人有握住你的手，抱住你的肩膀的机会，还说这是给你温暖。

女子因为柔弱，就更要有坚强的准备。老虎可以打盹，因为它谁都不怕。兔子却要时时保持警惕，因为弱小，只有更加灵活。总有一些人从旁窥测，以帮助的名义，施行某种控制。所以，照顾好自己，少受伤害，不给别人以可乘之机。当然了，若是你存心要把一个机会让人握住，那另当别论。

浪漫里有一个放浪的"浪"字，所以你也要小心。也许是因为我在男女授受不亲的边防军里，当过太久的普通一兵，所以，对浪漫总怀有一种畏惧。因为你很难把握好界限，在一些特定的场合，还是严肃比较安全。

女子们抱着寻找成功人士的想法，满怀期待地等了很多年。那些强有力的优异的男人，都到哪儿去了呢？
在这些年里，那些她们以前不看好的男人，都纷纷成功
了，只有她们孤独地老去。

女子们要找成功人士的想法，其实是某种程度的不
劳而获。希望别人的成功，带给自己丰厚的待遇。虽然
骨子里是交换法则，也可理解。因为怕自己一旦挑选错
了，就丧失了换购的资本，所以很多人宁可老死家中，
也不肯轻易地嫁了。但一个男人成不成功，有时比赌博
还难以押中。有些人为了保险，就一再等待，直到丧失
了自己挑选别人的资本。

对于年龄的雅量

有一种难以言说的美丽，深藏在皱纹之中。一生都

保持着少女的容貌，是一种想象，并非可以实现的现实。倘若真的是这样，会破坏女子的地位和威望。在有些民族那里，皱纹被视作智慧的纽扣。

我看到一个三十多岁的女子，说自己是"女孩子"的时候，我为她羞臊。我能理解她，因为她还要择偶，所以要尽量装扮年轻。然而就是从择偶这个角度出发，她也要显得沉着才好。我看到她睁着被睫毛膏拽长了的眼睛说，我就不明白，男人们为什么不愿意找比自己年长的女人呢？这样的女人知道心疼人的。

她若是把这个设问，当成一个技术性的攻防策略，我倒赞成。婚姻其实不必拘泥于年纪非得男大女小，反过来，一样也有甜蜜。只是，在一般情况下，女子是要有生殖能力才好嫁。年岁太长了，这方面就呈递减趋势。这是任什么美容膏紧致霜也回不了天的，因为你无法美化你的卵巢和子宫。不要把男人的择偶心理看得太神秘，其实很大部分要受荷尔蒙的控制。这是千百万年以来的遗传密码，概莫能免。即使是那些声称不要孩子的男士，也很少能逃得出这个窠臼。这也不是什么丢脸下贱的事情。女子明白了这其中的奥妙，就不要徒劳地扮嫩，因为没用的。

三十多岁了，若想嫁得好些，就不要再在生殖系统上多做文章，因为大势已去。要在自己的长项上下功夫，那就是成熟和稳定，关爱和慈良。我相信天下的男子不都是因为生殖的希望才找伴侣，所以精神上的契合才是年长女子要浓墨重彩渲染的地方。

女子经过镜子时，常常是不经意但锐利地一瞥，就会发现时间是多么残酷。皱纹密布嘴角下垂的老太婆，曾经是惊世绝艳的美妇。苍老疯狂地吞噬了绝代风华，留下的是容颜的庞贝古城。

不要对抗时间，不要把皱纹看得那么可怕。如果从生殖的角度讲，它的确是冷面杀手。但要从阅历的层面讲，就是穿起智慧之玉的红绳了。

老人的确没有小孩子好看。孩子的脸如同肥蚕般饱满，老人的脸就是蛾子飞走后苍白破损的壳。这是一个颠扑不破的事实。我知道我老了也会难看（现在已经很难看），我对此深信不疑。可是，我不怕。也许因为年轻时就不漂亮，老了不过是更不漂亮。破罐子破摔，反倒安之若素。

于是就为那些曾经美丽的女子，捏了一把汗。这把汗，恐怕从她们三十岁就要捏起来，直到六十岁松开手，手下已是湖泊。

许多进入中年的男人和女人，试图强行保持年轻，过度忧虑健康和外观，甚至以杂乱的性交，希图证明自己还年轻有力量。很多人热衷于空洞而缺乏真正快乐的时尚，妄想如一只醒来的兔子，和时间这只锲而不舍的龟赛跑。

你不要被年龄吓住。唯一的对策，就是正视这衰老，把它当成盛宴后的杯盏，轻轻洗净收起。

好的老女人的经历是一块五颜六色的织锦。每一根彩线都七浆七染，独一无二。回忆好比是珍珠，这些珍珠串成了你的人生。你颈项间佩戴着它们，纤纤素手抚摸着它们，就会和你曾经拥有的岁月和人，相聚于咫尺之遥。你一定要记住生活里发生的一切，包括喜怒哀乐。不要因为匆忙和不当心，就忽略了它们。这些感受是你将来的宝藏。不然，等你老了，坐在暖暖的太阳下、圈椅中，你和别的老人讲什么呢？

要有雅量，对年龄的接纳，来源于对生命的臣服。

仁者不忧，智者不惑，勇者不惧——这可是孔子说的。一个又仁又智的女子，好男人是会爱她的。

向大珍珠母贝和好葡萄学习

如果一个女人的招牌菜不是美貌而是善良，那么她的魅力可以持续到生命结束之前，只要她不得老年痴呆症或成为植物人。

在澳洲，生活着一种大珍珠母贝。珍珠是世界上唯一一种来自活体生物——牡蛎的宝石。牡蛎已经进化了五亿年。一只勤奋工作的大珍珠母贝，在八年的寿命中，可以繁育出四颗珍珠。随着牡蛎年龄的增长，它能容纳的珍珠也越来越大。这就是说，到了生命的晚期，这只牡蛎就有可能孕育出它这一生中最大的珍珠。

我希望年老的女人都如同大珍珠母贝，光华烨烨；也如同厚重铺排的织锦缎，安然华贵，不炫目，但可以收藏。不时抚摸着，粗糙的指肚勾连起陈年的丝缕，带出织就时的润泽。

女人年过三十，就要学会接受自己的容貌走下坡路这个事实。就像花瓣要接受凋零，越是盛极一时倾国倾城的美丽，越要面对春风不再的年轮变化。首先在理论上不害怕，然后在实践上安然接纳。人出生在这个世界上，并不是一件成品。你的很多方面，还有待完善。变老就是完善的工序之一。

"三毫米的旅程，一颗好葡萄要走十年。"这是一句广告语。想想看，一粒吹弹得破的葡萄都如此坚韧不拔，要从一个青葱少女变成睿智妇人，没有几十年的历练，恐也难修成正果——向好葡萄学习。

上天赐予没有强壮肌肉的女子两样战无不胜的伟大

礼物，那就是思索和时间。

由于气候、智力、精力、趣味、年龄、视力等方面的原因，人的先天平等是永远不可能的。所以，不平等应该认作是颠扑不破的自然规律。但我们可以把这不平等变得不易觉察，就像我们把鱼和熊掌之间的差异慢慢磨平一些——说句实在话，我总觉得鱼和熊掌不在一个数量级上，不知道是不是远古的时候，鱼比较少熊比较多呢？

磨平沟壑，文化和教育能起很大的作用。女子要把学习，当成最好的娱乐。学得多了，你就慢慢开始了思考。女子不要视时间为敌人，给自己一个良好的预言，你会惊奇地发现，希望之花一朵朵开放。

生活对女人的要求越来越高。你不但要像袋鼠一样敏捷跳跃寻找食物，还要有一个温暖的育儿袋。

很多受伤的女人就像一只疲倦的海鸟，她们飞了那么远的路，在羽翼低垂嘴角渗血的时候，仍然要不顾一切地回到自己的巢，呵护自己的幼雏。

对这样的女人，我们深深地鞠躬。

如果你从不出错，这是一个悲剧

如果你从不出错，这是一个悲剧。一是自己太累，二是你周围的人会视你为怪物。让自己在无伤大雅的时候出一点儿小差错，不会暴露出你的无能，只会彰显出你的可爱。

太多的女人是完美主义者。比如她们不能容忍自己的饭菜咸了或是淡了，因此会耿耿于怀。比如她们不能接受自己好不容易挑选的百货，在另外一家卖场居然看到了更便宜的价签。她们力求把最小的事也完成得完美无瑕。如果有了瑕疵，就会耿耿于怀闷闷不乐，长久地沉浸在遗憾之中。小事都如此，大事你尽可想见她们是如何锱铢必较精益求精。结局是百密一疏，总有纰漏。这世上本没有十全十美之事，就算有，也未必次次都宠幸于你。于是此类女子，就无法享有片刻的彻底放松。

如果你意识到自己是一个完美主义者，如果你想改正，我教你一个小方法。那就是——卖个破绽予你。早年间，看中国的旧式小说，两军交战，常常是武艺高强的那一方，却抵挡不过武艺稍差的那一方，文中会写道："卖个破绽予他，拍马便走……"那之后，往往有一番密谋的周旋。卖个破绽，就是明显地示弱了。

有完美主义倾向的女子，刚开始改正这个毛病的时候，其实挺痛苦的。这就好比原本可以吃三碗饭，却吃了一碗就放下筷子，心里发虚。改正缺欠，不但需要意志顽强，也需要循序渐进。在一些不甚重要的事上，先放手，容忍缺憾和不足，这也是让自己从完美主义泥潭中拔出脚来的奠基石。

记住啊，示弱就是你破除自己完美魔咒的一个小裂口。示弱之后，你会发现，做一个不完美的人，是需要勇气的，也是有乐趣的。因为，世界本来就是不完美的，我们不过是顺势而为。

太寡言的男子，你要提防

在预测每一个人未来的能力时，每个职业测试都有语言能力这一项。

世界的发展越来越快，行业越来越多。隔行如隔山，这话是越来越灵验了。另一方面，人们彼此之间的交往，也越来越复杂和一次性。要让完全和你不相同的人，在短时间内明白你的心意，建立起可信任的关系，语言能力是万万不能忽视的。所以，越是冷门的专业，越要有良好的语言文字表达能力。

语言自身的净化和杀伤能力，都是很强的。那些动不动就诉诸暴力的人，常常是语言功能不灵光的人。

不知道你注意没注意这个事实——爱动手的人，语言能力常常欠缺。这种人在语言之帆不能抵达的港口，就本能地操起了更为古老的肢体语言，这就是行为的暴力。当然了，语言功能占据优势的人，也不可以势压人，喋喋不休，这样就会形成语言的暴力。

语言的暴力，预防起来稍稍好一些，因为你还可以用棉花球塞上耳朵，过滤一些分贝。肉体的暴力，特别是由男子施加到女子身上的时候，后果却往往惨烈。

提醒一下待嫁的女子，如果看到对方不爱说话，以为他就是内心特别老实，值得信任，可要三思而后行。这两者并不画等号。而寡言，常常是暴力的前导。

你有坚持的自由和权力，但要能忍受后果

爱一个人，要问自己：对于他那些最恶劣的行为和性情，是否能够容忍？

如果你不能，你就离开。

世界很大，你还可以去寻找。如果你找不到，你就要看看是否该修订自己的方案。你有坚持的自由和权力，你也要忍受选择的后果。因为，有同样挑剔的男性眼光，也在度量着你。

我听到过一个女人说起出嫁的理由，居然是欣赏婆婆的风采。想到有了这样的婆婆，在婚礼上是何等的风光。因为一个好的婆婆，不仅仅说明对方家庭素有涵养，而且说明有着良好的基因，当然也有这位准新娘的良好期待——其后能有很融洽的婆媳关系。

后来嫁了过去，才知道人不可貌相，在婆婆姣好的风度之下，是全家人对婆婆的恩宠和谦让。"婆婆中心主义"，让这位新娘吃尽了苦头。

在你出嫁之前，不要被任何容貌和外表所迷惑。不但不要为你的配偶迷惑，也不要为他的家人迷惑。外表可以说明一定的问题，但说明不了所有的问题，尤其说明不了最关键的问题。

很多人谈论的爱，只是一厢情愿

你一定会找到爱，但不是从你投射下爱的那个人身上，而是在你的心灵深处。

很多人在谈论爱的时候，其实说的不是爱，只是一厢情愿。

我以为，爱必须是双方的，因为爱的前提是平等。不平等的爱，充其量也就是怜悯。只有那种心心相印的平视的爱，才是真谛。

很多人只是把自己的想象附着在某个人身上，他们爱的其实并不是那个人，而是自己的想象。他们没有能力完成自己的想象，就假设一个人具有这种形象和力量，然后一往情深地涌泻自己的爱，实质是顾影自怜。

这种情感的诱惑力非常强大，本质是一纸魔鬼的合约。寻求这种结合的人，是依赖、谄媚、自我牺牲的人：承受痛苦，愿意为了得到结合的安全感为别人做任何事；得不到之时，就滋生出可怕的破坏力。

爱就是付出时间。拿出时间陪伴你的父母，拿出时间帮助你的爱人，拿出时间和你的孩子一同玩耍，拿出时间和你的恋人在一起……在这个越来越物质化的世界里，时间是衡量真情的一把铁尺。因为时间可以换来一切东西，但是一切东西都无法代替时间。

在人际关系或人生里，你都没有义务必须爱某一个人。如果一定要找到一个人值得你永远去爱，那就是你自己。

很多为爱苦恼的人，其实是在爱人还是爱己之间挣扎。真正的爱别人，是建筑在爱自己的基础之上的。因为是自己觉得这个人可爱，我们才开始爱他，这也是听从了自己的命令。

爱自己的人，才可能真正地毫无怨悔地爱别人。因为那是爱自己的一个决定。

尊重对方是爱情和友谊的前提

真正的爱情和友谊的前提，是尊重对方的自由和独立。我爱你至深，才接受你现在的样子，而不是我期望中你的样子。

你的爱人，爱的是真实的你，还是她或他想象中的你、希望中的你？这可是个原则问题。你一定要搞清楚，不要被甜言蜜语闭目塞听。这不但是对你自己负责，也是对他或她负责。

凡是不尊重你的人，不要和他或她成为朋友。

凡是不喜欢你独立的人，离开他或她。

不要等到心中的理想完全熄灭了，再在灰烬中苦苦燃起残存的火星，那样，损失的时间太多了。时刻保卫你心中最珍贵的东西，不要因为卑微或是苦难而放弃。

心中有理想的人和没有理想的人，是完全不同的。前者不会彻底地悲观失望，而后者被打败，几乎是轻而易举的。

你还能找到北斗吗

帮助人越多的人，
幸福感越强。
帮助他人这一行为，
本身自有其深远的影响。
人们需要释放内心的人道主义情怀。
在帮助或是施舍他人的时候，
大脑的活动更为积极。

身体不是一匹哑马

人们对于自己的身体常常是麻木不仁。只有当生病时，才知觉到它的存在。你见过朝阳的升起，可你觉察过自己身体升起的潮汐吗?

怠慢自己的身体，是现代人的通病。身体真是好脾气，倘有一分气力，就苟延残喘地担当着，实在担当不了，才轰然倒下，并无怨言，人们给这情形起了一个名字，叫作"积劳成疾"。

可是，不能欺负老实人啊! 身体是我们最好的朋友，你不能把身体当成一匹哑马，无尽地驱使它做力所不及的苦役。你要学会和自己的马儿喃喃细语。你会听到这匹老马有多少真知灼见，引导你生命的苦旅。

我们要学会轻松省力地使用身体，快捷向前。轻松省力地使用身体的诀窍就是——将身心统一，让身体和思想在同一个水平线上。当我们高兴的时候，身体就微笑。当我们沮丧的时候，身体有权力哀伤。

最要不得的就是，明明你不喜欢这个人，却让身体奴颜婢膝强颜欢笑。明明你喜欢这个人，却让身体冷若冰霜拒之千里。这不单是做人辛苦，而且让身体早生华发未老先衰。

善待你的躯体吧，它是你在漫漫征途中仅有的依靠。如果连它都背叛了你，你真要好好检讨自己的人生。要记住，身体是我们可以移动的世界。

找一张A4纸，写下忧伤

把你不快乐的理由写在一张纸上，你会惊奇地发现，它们完全没有像你想象的那样多，一般来说，它们是不会超过十条的。在这其中，把那些你不可能改变的理由画掉，比如你不是双眼皮或者你不是出身望族。然后认真地对付剩下的若干条，看看有哪些切实可行的方法可以将它们改变。

我常常用这个法子帮助自己，写在这里，供朋友们参考。

先准备一张纸，在纸上写下我纷乱的思绪。最好是分成一条条的，这样比较清晰和简明扼要。要知道，人在愁肠百结、眼花缭乱的时候，分辨力下降，容易出错。所以把复杂的问题简单化、条理化，用通俗点的说法，就是给问题梳个小辫子。实践证明，这是个好方法。

具体的操作步骤是这样的。假如你感到沮丧，就请你分门别类地把沮丧的理由写下来；假如你感到哀伤，就尝试着把哀伤的理由也提纲挈领地写下来；如果你也不知道因为什么，就是心烦意乱、百爪挠心、不知所措、诸事不顺的时候，也请你把所有可能导致如此糟糕心情的理由写下来。不要嫌麻烦，依此类推——当你愤怒的时候，当你寂寞的时候，当你无所适从的时候，当你自卑和百无聊赖的时候……都可以用这个法子试一试。

给你一个建议——找一张大一些的纸，起码要有A4纸那样大。如果你愿意用一张报纸一般大的纸，也未尝不可。反正我常常是这样开始的，引发我不适的感觉是如此强烈，深感没有一张大纸根本就写不下。数不清的理由像野兔般埋伏在烦恼的草丛里，等待着我去一一将它们抓出来。如果纸太小了，哪里写得下？写到半路发觉空白地方不够了，再去找纸，多么晦气！

当然了，你要找一个安静的地方。你要独自一人。不要把这当成一个玩笑，精神的忧伤是值得认真对待的，我们要凝聚心力，有条不紊地打开创门。

我当过外科医生，每逢打开伤口的时候，我都要揪着一颗心，因为会看到脓血和腐肉，有的时候，还有森森白骨。但是，任何一个负责任的医生，都不会因为这种创面的血腥狼藉而用一层层的纱布掩盖伤口，那样只会养虎为患，使局面越来越糟。

打开精神的伤口也是需要勇气的。当你写下第一条的时候，你很可能会战战兢兢地下不了笔，这时候，你一定要鼓起勇气，不要退缩。就像锋利的柳叶刀把脓肿刺开，那一瞬，会有疼痛，但和让脓肿隐藏在肌肉深处兴风作浪相比，这种短痛并非不可忍受。

第一刀捅下去之后，你在迸出眼泪的同时，也会感到点点轻松。因为，你把一个引而不发的暗疾揪到了光天化日之下。

乘胜追击，不要手软。请你用最快的速度，再写下让你严重不安的第二条理由。这一次，稍稍容易了一些。不是吗？因为万事开头难啊！你已经开了一个好头，你已经把让你最难忍受的苦痛，凝固在了这张洁白的纸上。这张纸，因了你的勇敢和苦痛，有了温度和分量。

第二条写完之后，请千万不要停歇下来，一定要再接再厉啊！这应该不是什么太难之事，因为让你寝食不安的事，不会只是这样简单的一两件，你的悲怆之库应该还有众多的储备呢！也不要回头看，估摸自己已经写的那些东西，是不是排名前后有调整的必要，只需埋头向前，一味写下。

写！继续！用不着掂量和思前想后，就这样写下去。等到了你再也写不出来的时候，咱们的"白纸疗法"第一阶段就先告一段落。摆正那张纸，回头看一看。

我猜你一定有一个大惊奇。那些条款绝没有你想象的多！在一瞬间，你甚至有些不服气，心想造成我这样苦海无边纷乱不止的原因，难道只有这些吗？不对，一定是什么地方出了差池，我想得还不够深不够细，概括得还不够周详，整理得还不够全面……

不要紧。不要急。你尽可以慢慢地想，不断地补充。你一定要想尽让自己不开心的理由，不要遗漏一星半点。

好了，现在，你到了绞尽脑汁再也想不出新的愁苦之处的阶段了。那么，我们的"白纸疗法"第一阶段正式完成。

你可以细细端详这些让你苦恼的罪魁祸首。我猜你还是有些吃惊，它们比你预想的还是要少得多。你以为你已万劫不复，其实，它们最多不会超过十条。

不信，我可以试着罗列一下：

1. 亲人逝去；

2. 工作变故；

3. 婚姻解体；

4. 人际关系恶劣；

5. 缺乏金钱；

6. 居无定所；

7. 疾病缠身；

8. 牢狱之灾；

9. 失学失恋；

10. ……

看到这里，你也许会说，这也太极端了吧？这些倒霉的事怎么能都集中到一个人身上呢？这种人在现实中的比例，太低了！万分之一有没有啊？是的，我完全能理解你的讶然，但是，正如我们前面所说的，即使是这样的"头上长疮脚下流脓"的超级倒霉蛋，他的困境也并没有超过十条。

现在，《白纸疗法》进入第二个阶段。

把你的那些困境分分类，看看哪些是能够改变的，哪些是无能为力的。对于能够改变的，你要尽自己的努力来争取摆脱困境。对于那些不能改变的，就只能接受和顺应。

咱们还是拿那个天下第一倒霉蛋的清单来做个具体分析：

1. 亲人逝去；

2. 工作变故；

3. 婚姻解体；

4. 人际关系恶劣；

5. 缺乏金钱；

6. 居无定所；

7. 疾病缠身；

8. 牢狱之灾；

9. 失学失恋。

不能改变的：亲人逝去，婚姻解体，疾病缠身。

已经得到改变的：因为牢狱之灾，解决了居无定所。因为牢狱之灾，也就没有继续工作的可能性了，所以，第二条困境就不存在了。失学这件事，也只有等待出狱之后再做考虑。失恋这件事，虽然说并不是完全没有希望挽回，但因为恋爱毕竟是两个人的事情，假如在没有牢狱之灾的情况下，对方都已经和你分手，那么现在的局面更加复杂，和好的可能性也十分微弱，基本上可以把它放入你无能为力的筐子里面了。

可以做出的改变：

1. 在牢狱里，服从管理，争取减刑。

2. 积极治病，强身健体。

3. 学习知识和技能，争取出狱后能继续学业或是找到工作，积攒金钱，建立新的恋爱关系，找到房子，成立美满家庭。

通过剖析这张超级倒霉蛋的单子，我想你已经知道了该怎么做，我这里也就不啰唆了。毕竟每一片叶子都是不同的，每一个人遇到的具体困境和难处也都是不同的。我也就不打听你的隐私了。现在，让我们进入"白纸疗法"的第三个阶段。

第三个阶段非常简单，就是你给自己写一句话。可以是鼓励，也可以是描述自己的心境，也可以是把自己骂上一句。当然了，这可不是咬牙切齿地咒骂，而是激励之骂。

有的朋友可能还是不知道如何下笔，让我举几个例子：

有人写的是：那个悲伤的人已经走远，我从这一刻再生。

有人写的是：振作起来。不然，我都不认识你了！

还有人写的是：一切反动派都是纸老虎。

最有趣的是我曾看到一个年轻人写道：啊！我呸！

我问他，这个"我呸"，是什么意思？

他翻翻白眼说，你连这个都不懂？就是吐唾沫的意思。吐痰，这下你总明白了吧？

我笑笑说，还是不大明白。

他说，你怎么这么笨呢！像吐口水一样，把过去的霉气都吐出去，新的生活就开始了。我小的时候，每逢遇到公共厕所，氨水样的味道直熏眼睛，我妈就告诉我，快吐口水，就把吸进肚子里的臭气都散出去了……现在，我也要"呸"一下。

我明白了，这是一个仪式，和过去的沮丧告别，开始新的一天。其实也很有道理。在咱们的文化中，有一个词，叫作"唾弃"，说的就是完全的放弃。还有一个词叫作"拾人余唾"，就是把别人放弃的东西再捡回来，充满了贬义。因此，这个小伙子在一句"我呸"当中，蕴含了弃旧图新的决定。

压抑也许成癌

感觉是一切虚幻事件的核心。它从未确立过任何事情，但又和任何事情息息相关。情绪是埋在所有真实上面的浮土，不把它们清理干净，真相就无从裸露。

　　传统的教育，教导我们要忍让，要宽容，要忘却。然而长久的压抑会带来更大的反弹，积攒的痛苦如暴风骤雨袭来，霹雳能将我们击为灰烬。

　　没有哪一样事物，通过压抑，可以自然而然地消失。地球内部的压力，会通过火山爆发来释放。水库的压力，会通过堤岸崩塌洪水溃泻而释放。身体的不适，会演变成疾病，让你不得不全神贯注地解决。金钱的压力，会恶化成破产。感情的压力，会走向分道扬镳。所以，要学会循序渐进地释放压力，千万不要忽略了小的不安。它们攒起来，会把精神拧弯。

　　人们常常以为抑郁的人，是没有能量的。我们看到他们的时候，萎靡不振好似一团沾满灰尘的瘫软抹布。但其实，压抑是一种极大的能量，不信你看抑郁的人，可以决绝地自杀，从高处一跃而下，这需要何等的胆量和执着。千万不要轻视了抑郁的人，以为他们没有能力改变。能量执拗地存在着，只是失却了方向，不是向外攻击就是向内攻击。

　　尊重你的情感，并不是要情感直接做出决定，而是尊重情感的波涛起伏；尊重你的情感不是压抑情感，而是疏通情感。中医说，不通则痛，通则不痛。先要将痛苦纾解开来。拧成一团乱麻般的情绪症结，简直就是毒药。用不着外界的纷扰，单是内心的混乱，就完全能导致崩溃了。该恨谁，就在心中将他诅咒千遍。可以用最恶毒的字眼，只是不要让别人听到。你救赎的是自己的灵魂，和他人无关。如果还不解气，就把一个抱枕靠垫或荞麦皮枕头当作替罪羔羊，扔到地上拳打脚踢，直到羽绒飞扬、遍地鹅毛也在所不惜，荞麦皮漏撒一地，就慢慢扫起。假如怒火还未消，就在纸上写上仇者的姓名，然后明明白白地写出：我恨你！恨你……

我教过一个朋友这招，他咂咂嘴说，做不来。

我说，为什么呀？这并不是很难的动作啊！如果你找不到安静的地方，我可以把自己的家借给你。哪怕你声震九霄，也没有人会听到。

他说，那不是像个神经病吗？！

我说，怎么会！你压抑得太久，已经忘了如何来表达愤怒。整天装在西装革履的套子里，已经没有真的血肉。接触自己最内在的情感，它既然存在着，就必有其合理的走向。就像当年大禹治水，不是围追堵截，而是疏导引流。现在，你的情绪像堵车一样塞在一起，神经通路已完全不畅通，哪能做出英明决定？听我的，开始吧。

他犹疑着说，这很不习惯。

我说，是啊，你已经习惯了掩藏和压抑。其实，凡是在我们心灵中存在的能量，无论是正面的还是负面的，压抑都是有害的。你压抑了正面的能量，本该你承担的义务，你偏偏躲闪；本该你做出的决定，你犹豫不决；本该你担当的职务，你假装谦虚拱手相让……你以为你这是大度，是高风亮节，是安全敦厚，其实不过是懦夫。而且那些被压抑的能量，迅速地凝变成了牢骚、怀才不遇、指手画脚、不在其位而谋其政，让人厌烦……这还算是好的，因为你把能量的矛头对准了外界。

更糟糕的选择，是缄口不语，把一切真知灼见藏在肚皮里，愣愣地旁观着这个世界，在无人的风口抚胸

长叹。向内攻击的结果也是以自身为假想敌，罹患种
种疾病……被压抑的能量化作钢刀，在胸廓之内到处乱
戳。也可能跑到哪儿坐聚成块垒，就成了凶险的癌瘤。
至于那些原本就是负面的能量，得不到宣泄，会更为虎
作伥，肆无忌惮地向外攻击，最极端地变成了杀人的冲
动也说不定。所以，情绪是万万压抑不得的，就像高压蒸
汽，一定要给它找一个出口。不然，等着吧，爆炸是免不
了的。

我所推荐的抱枕法，是一个简便易行安全可靠的方
法。只要你养成了习惯，对于让你万分不舒服的事，直
面相对，找到问题的症结，把脾气宣泄出去，你会觉得
云开雾散月朗风清，精神就轻松了好多。

你可能半信半疑地说，好吧，我相信你一回，这样
猛烈地自我发泄一通，情绪或许能平稳一些。但是，发
泄完了，情况还是那个情况，现状还是那个现状，于事
无补啊！

不！不是这样的！情绪遮挡着视线之时，能看到的
出路是很少的，有时简直就是大雾弥天，日月无光。当

我们安静下来，心灵的能量就渐渐呈现出来，就能发现很多被震怒的荒草遮掩的曲折小径。

你可能还是不信，希望你什么时候试一试。这法子成本不高，至多就是把抱枕摔散了，芦花四扬，也没什么了不起的。我就曾经把一个枕头摔断了线，之后心平气和地把断裂之处缝起，虽略损美观，并无大碍。

有人能摸索出其他适合自己的方法排解幽愤，这也很好。比如阿甘，他的法子就是跑步。无休止地跑，在步履交替的过程中，他慢慢疗治了自己的创伤。

怎么样，朋友？你找到了自己蒸发情绪的好法子吗？如果你已经找到了，恭喜你啊。这样你就比较能面对真实的自我，不会把自己压抑出癌症来。

在生活中排序的艺术

人如果能够区分事情的轻重缓急，生活就变得简单多了。

我有个很笨的毛病，就是在一段时间内只能做一件事。这让我非常佩服那些可以同时拿着几只电话，做出不同指示和表情的人。

我想天下有此禀赋的人，毕竟是少数。况且他们这样三心二意，在短时间内是可以的，长久下去，比如几十年之后，会不会罹患某种重疾，也不是我们现在就可以预料到的。所以，为普通人的健康和长治久安考虑，我觉得还是老祖宗传下来的"一心不可二用"，比较安全。

可我们生活中的实际状况是——经常好几件重要的

事，肩并肩地挤进你家门。比如孩子要高考，工作已经限定了最后的日期，家中又来了亲戚需要关照，还有一个朋友在离婚关头，没完没了地要找你倾诉……

怎么办呢？

生活的艺术在某种程度上，就是排序的艺术。把所有的事情，捋一捋，标上个一、二、三、四，实在顾及不到的，只有在第一时间说"不"，这既是对自己的尊重，也是对他人的尊重。

比如上面列出的困境，依我看，第一是孩子高考，因为高考是人生的关键时刻。这个阶段，孩子无论在身体上还是心理上，都比较脆弱。孩子对于来自母亲方面的态度，会非常敏感。我是很看重家庭的女子，对我来说，我会毫不犹豫地把孩子的需求放在第一位。当然了，孩子考上大学以后，排序就有可能发生变化。因为他已成人，需要自己独立面对更多的事情了。

关于工作，我会暂时放在第二位。因为这世界上如果你不来做决定，就天塌地陷翻江倒海的工作，毕竟是极少的（除了你是CEO。我这里打比方的都是凡人琐事，不适用于举足轻重的人物）。我一直很欣赏一句话，叫作"地球离了谁都照样转动"。我想对地球来说，这句话是千真万确的。对于工作来说，基本上也可以成立。但对于一个孩子来说，离开了母亲的悉心照料，结局可能有很大不同，很可能"离了妈妈就不再转动"。

说到这儿，关于工作的事还没完呢。除了尽力而为，可以如实向上级领导汇报自己的困境，请求加大四面八方支援的力度。这样，就可以把对工作的影响减至最小。

对于家中来的亲戚，恐怕直言相告是个比较好的法子。当然了，要是丈夫家的亲戚，首先要在家庭内部统一看法，过好丈夫这一关。坦诚交流，让丈夫明白不能留住亲戚，并不是不给他家人面子，此刻顾及不到，待日后从容时再来补偿。千万不能自家闹起矛盾，后院失火，就雪上加霜了。家里和谐了，口径统一了，才好一致对外。对亲戚们委婉说明，正处于孩子高考的非常时期，家中需要安静，接待照料可能会有不周之处，并非是不好客，不欢迎，实在是心有余而力不足。然后附上

一笔比较丰厚的礼金，请亲戚们到别处安顿。应允待高
考完了之后，一定隆重款待，补上这次的遗憾。

有人可能会质疑这法子的有效性。说实话，我也觉
得并非都能达到满意的效果。因为有些乡下的亲戚，满
怀热望地来投奔你，你家是他们唯一的落脚点。碰到这
种情形，难免失望，牢骚满腹，会说你忘了亲情。我完
全能理解这种情绪，只是世上的事并无万全之策。

按照以上思维，考虑诸事顺序，并非定论。每个家
庭的情况不同，每个人的终极目标也不一样的。比如一
个以卓越的道德行为挺立于世，将众人的利益绝对放在
高于一切位置的人，很可能把孩子高考退到比较次要的
地位，而是工作第一、他人第一。

其他的选择顺序也是完全成立的。按照你的价值体
系，将纷乱的局面做整理与安排就好。哪个在前哪个在
后悉听尊便，倒是并没有一定之规。

好了，回到咱们的话题。现在，我们将面对那个哭
哭啼啼的婚变中的女友。我觉得这可能是让人很困惑的
一个决定。我的意见是，坚定地说："不！"有点绝

情，是吧？但在此非常时刻，只有快刀斩乱麻。

依我的经验，恋爱和婚变中的女人，有千沟万壑的倾诉愿望，她们的电话可以在最猝不及防的时刻闯进你的耳鼓，完全顾及不到你的情绪。最善解人意的女子，在这样的情形之下，也变成了自说自话的扰人精。几乎是你把所有规劝的话都说尽了，她却置若罔闻没一丁点效用。或是此刻好像奏效了，转瞬之后，就土崩瓦解，一切又从头开始。最后你变得筋疲力尽，她却越战越勇，几乎成了你的索命三郎。

怎么办呀？我的经验是，如果你有足够的时间和耐力，陪伴着友人走过生命的泥泞沼泽，未必不是一件大功德。但是如果你的时间非常窘急，又面临着前述种种间不容发的困境，如果你真的没有精气神来应对这一艰巨任务，就不妨明示。

后果很可能是严重的。这种状况之中的女友，很敏感，很脆弱。她先是会不理睬你的安民告示，一如既往地袭扰你。当你再次重申自己的决定时，她会非常哀伤以致愤怒，口不择言……对此，你可要有充分的思想准备。最坏的情况，是她激烈地指责你的寡情，或者是一把鼻涕一把泪地哀告……

这种情况如何处理，你可能需要事先准备好预案。动摇只会使情况更复杂，但坚持决定，又要忍受自我谴责的压力。不过，只要你坚持下来，情况就会有很大的改观。况且，这也并不是对危难中的女友薄情寡义。每个当事人都须自己负起责任，而不是专注于倾诉而不做决定，折磨自己也折磨他人。

以上局面，是闺蜜们常常面对的情形，选择也是多项的。也许还有更好的方式，不妨互相交流。我的话只是引玉之砖。

无论有多少时间，假如你无所选择地抛洒，总会感到入不敷出。无论多复杂的局面，假如你能定下心来选择，总能理出一个头绪。

不要给自己太多的负担，因为心理的能量，并不像我们想象的那样多。如果太分散了，十指扣蚤，哪个也逮不住。

健全的心态比一百种智慧更有力量

一个健全的心态，比一百种智慧都更有力量。

现在把智商炒得火热，我总觉得很多事情没办好，不是我们的智商不够，而是心态不稳。心理现在成了一个几乎被说滥了的词。棋下输了，会说，其实是在心理上输了。跳水砸了，会说不是技不如人，而是心理上的问题。考试慌张，没能考出应有的成绩，自然也是心理上的毛病了……凡此种种，还可以举出很多。有时心想，心理问题变成了一个大箩筐，什么东西都可以丢进去。

不过，心理还真是一个大箩筐，也许它的容积，比我们想象的更大。我们的大脑，虽说是整个肌体的总司令，但其实还是只占了整个身体能量的一小部分。还有一大部分，是习惯成自然，类乎山高皇帝远的封建诸侯国，自成体系。也就是说，肌体几乎是在独立自主的情形下，下意识地完成着很多重要工作。比如，正常时分，你能知道自己的胃肠道是如何消化食物的吗？能知道自己的血压是如何调整的吗？想必大多数人一脸茫然。

如果人们紧张慌乱手足无措，诸侯小国也顿时进入了非常状态。放弃了平日的稳定和协调，乱成一锅粥，其后果不堪设想。这就是为何在比赛中，有的选手会因为过度紧张，犯一些不可思议的低级错误。

说到底，也没什么不可思议的。紧张几乎是万恶之源，一旦肌体进入了不协调状态，我们会词不达意、手足无措、丢三落四、张口结舌、漏洞百出、匪夷所思……总之，各种谬误风起云涌，让人防不胜防。

有人看到这里，就会很悲观，说照你这样一讲，岂不就没救了？无论我们事先准备得如何好，到时候，神通广大的潜意识一作乱，我们就前功尽弃、毁于一旦了啊！的确是这样。平日锻炼自己养成健全的心态，遇事冷静不慌，全部身心高度协调，比智慧更重要。

机遇是心灵的阅兵

在各行各业取得成功的人们，在拥有才情之外一定还拥有强大的心灵。成功比试的不仅仅是才能，更重要的是韧性。即使没有公认的成功，也要有品尝幸福的能力，这就更取决于心灵的健全，而不仅仅是才能的显赫了。

才能这个东西，比较有办法弥补。只要不是那些需要才思铺天盖地喷如泉涌的事业，就可以用外力来加以补充。大家都知道"勤能补拙"的原则，都知道"笨鸟先飞"的故事，都记得"磨刀不误砍柴工"的诀窍，都会说"百分之一的才能，百分之九十九的汗水"之类的格言，这些都是补偿之法。

不过，世上的成功，除了才能之外，还要有机遇。有人以为机遇是一种看不见摸不着的小概率事件，基本上和被闪电劈着差不多，这是误解。

机遇的降临，看起来好像取决于那个执掌机遇的人，领受者不过是被动地承接，其实不然。我们常常听到一个人不是为了名利而帮助别人，却不料那个被帮助的人将一个绝好的机会，赐予了帮助者。我们在羡慕该人轻而易举获得好运的时候，多半忘了他也许曾经这样帮助过很多人，绝大多数都无声无息地湮灭了，只有这一次金光灼灼。

有的人会不遗余力地学习各种知识。这些知识，分散开来，都是普通的学问和技能，无甚出奇。但是当它们密集地集中到一个人身上的时候，就显出了某种非同凡响的优势。

我认识一个小伙子，他学习了驾驶，学习了烹调，学习了英语，学习了会计，最后，还学习了擒拿格斗。怎么样？分门别类地看，都很平凡吧？可你想一想，一个会计，还会武功，英语熟练，开车又稳当，还做得一手好饭……他找到一个给某成功人士当贴身秘书的好工作，是不是顺理成章的事？

机遇其实是对人的心理素质的一次大阅兵。

你能不能抱定了前进的目标，持之以恒，在看不到希望的时候，不气馁不逃避，依然顽强地努力，乐观地积攒自己的力量和本领？

如果你真的能做到了这些，获得机遇的概率就越来越大了。

机遇是怎样在不知不觉中降临的

学会不怨天尤人，勇敢地负起自己应该负起的责任，这是一种美德，并且会给自己带来意想不到的礼物，那就是——你将一手造就自己的经历，为自己带来好运气。

我一直很相信这样一种说法——当你坚定地承担责

任勇往直前的时候，天地万物好像听到了一个指令，会齐心协力地帮助你、提携你。于是，贵人也出现了，机会也在最不可能滋生的崖缝中，露出了细芽。

我有时自己也想不通，这不是迷信吗？天下万物怎么会听从一个指令呢？它们的耳朵在哪里？它们的听力如何？这个指令是什么人发出来的呢？它用的是何种语言？

想不通啊想不通！但现实中确实有这样的故事，我听到很多人这样说过，在充满了感动的同时，也充满了疑惑。想啊想，我终于理出了一点儿头绪。

那个帮你忙的指令，其实出自你的内心。一个人，如果他是积极向上永不妥协的，那么，他的一举一动一笑一颦，都会放射出这种不屈的信息。这就像香草就要发出烘烤般的酥香气息，拦也拦不住，堵也堵不了。所有经过他身边的人，都会看到这种灼热光华，如同走过夜明珠的身旁。

我坚信，很多人在内心里，是愿意帮助别人的。特别是这种帮助并不会带给自身重大损失的时候，很多人都愿意伸出友谊之手。

这种手，有的时候是一个机遇，给谁都是给，为什么不给一个让我们心生好感的人呢？为什么不给一个让人们心怀敬重的人呢？为什么不给一个具备美德的人呢？于是你就得到了它。

有的时候，援手是一个信息。因为你让对方感到愉悦，人在愉悦的时候就会浮想联翩。施助者的潜意识喜欢你，就想——也许这个消息对这个人会有益处呢？于是它把这句话送到了主人的嘴边。很可能连主人都没有意识到这种好感和这条信息之间的关联，但勤快的潜意识就麻利地给办妥了，没想到不经意间，这便成就了你的新生。

更多的时候，援手是一点儿小钱。这对有钱人算不得什么，对贫困之中的人，却是天降甘露。你可能因为有了这一点儿小钱，而获得了转机，迎来了拐点。这对于施恩之人来说，很可能是举手之劳。钱和钱的概念有时有天壤之别，用处也大相径庭，钱是会玩魔术的。

援手有的时候只是鼓励和关爱。虽然鼓励和关爱并不需要太大的付出，但人们只会鼓励那些和自己的人生大目标相投的人，会关爱和自己的爱好信仰相符的人。

一个人只有在光明磊落的时候，才会不避讳自己的奋斗目标，才会在很多不经意的瞬间显示出美德和惹人怜爱的细节。而这些，恰好具有打动人心的力量，奇迹就慢慢地显影了。

世界上的事，都是因人而异。对你难于上青天的事，对另外一些人不过是弹指间的小菜一碟。所以，先锤炼你的人格和目标吧。当它们光彩照人的时候，机遇就在不知不觉中降临了。

这没有什么可神秘的，只要你像雏鹰，无数次张开翅膀，有一次正好刮过来了风，那是一股上升的气流。如果你蜷曲在巢中，无论刮过怎样的风，对你都只是寒冷。

不要总想表现得比实际情况要好

当你企图在两个不同的自我之间游走时，你在生活中的形象就变得复杂混乱，你面临的形势也更加琢磨不透，甚至你的身体也无所适从了。

我们总是希图表现得比我们实际的情况要好一些。

好比我们小的时候，如果有客人要来，我们会被父母要求："你要乖一些啊！"等到客人走了，父母会说："好了，现在你可以放松一下了。"这些都是很平常的话，却在不知不觉当中留存了一个印象——你要在某些特殊的场合和人物面前，努力表现得比你实际的状况更好。

什么是更好呢？

就是按照世俗的标准，我们要更聪明、更好学、更勤劳、更大度、更幽默、更有责任感、更勇敢、更……还可以举出更多的"更"，总之，是比你本人更完美。

这个主观动机可能并不是太坏。爱美之心，人皆有之嘛！

不过，这就形成了一个习惯。我们把一个不真实的自我呈现在别人面前，并以为这才是可爱的，才是有价值的。而那个真实的自我，则是上不得台面的残次品，是应该被掩藏和遮盖的。

这就是自我形象的分裂。我们不喜欢真实的自我，我们把一个乔装打扮的"假我"拿给大家看。当这个"假我"被人欢迎和夸赞的时候，我们一方面沾沾自喜，觉得自己成功地扮演了一个角色，而这个角色就是别人眼中的"我"。另外一方面，我们的自卑加重了，我们知道外界的评价都是给予那个不存在的"我"，真实的我反倒像灰姑娘一样，躲在角落里拣煤渣。

长久下去，我们就变成了一个分裂的人。

这种现象，比比皆是。比如我们常常听到女性朋友说，结婚以后，他的真面目暴露出来了，我几乎不敢相信他和结婚前是同一个人。

也有的领导会说，这个人是我招聘的，当时看他十分勤快，想不到真的走上岗位以后，却非常懒惰，毫无工作的主动性。

以上这两个例子，最后是以离婚和炒鱿鱼作结。可见，伪装的自我，可以骗人一时，却不能矫饰久远，最后吃亏的还是你。

如果你觉得真实的自我还不够完善，那么最好的方法，是让自己渐渐变得完善起来，而不是敷衍、遮盖或欺骗。那样的话，自己很辛苦不说，离完美是越来越远。再有，天下的人都不是傻子，你装得了一时三刻，却没有法子永远生活在一个不属于你的光环之中。一旦被人家识破，你被减分更多。

我年轻的时候，心其实很累。因为总想表现得比自己真实的状态更好一些，便不由自主地要作假。明明不快乐，怕被人看出，以为是思想问题，就表现出欢天喜地的兴奋。对领导有意见，怕领导对自己看法不良，影响进步，就故意在领导面前格外卖力地工作。其实，那彼此的不融洽，心知肚明。在会议上有不同意见，因为判断出自己是少数，就放弃主见随大流，默不作声……凡此种种以为是老练的举措，都让我做人辛苦，不胜其烦。

后来，我终于明白了，要以自己的真实面目示人。没有必要取悦他人，没有必要委屈自己。这样做了以后，我本以为机会一定要少很多，因为抱定了破釜沉舟的决心，只求这一生做一个真实的自我，付出代价也认了。不想，却多了朋友，多了机缘。

思来想去，原来大家都更喜欢真实的东西。你真实了，自己安全了，也让他人觉得安全，机遇反倒萌生。从此，竭力真实。不但自己省力、省心，节省出的能量可以做更多的事情，而且成功的概率也高了起来。

接受和自己不同的人生状态

宽容就是允许别人有判断和行动的自由。对不同于自己的观点和行为，哪怕已经预见到了一切危险的结局，也依然耐心地公正地等待。

这一点，好难啊。可能是当过临床心理学家的缘故，听过很多人的故事，知道很多人的结局，这也就让我的人生，在某种程度上记住了很多人的经验。我没有更精湛的远见卓识，只是像一只老啄木鸟，敲击的树干比较多了，对哪里有虫子，判断力稍好。

最常有的悲哀，是看到危险渊薮，而当事人还以为是一马平川，逍遥向前。我大声疾呼警示危险，但人们闭目塞听悠哉走去，令我惆怅叹息。时间久了，我也咽喉嘶哑，对明知不可为而为之的耐心，渐渐削减。

更多的时候，因为当事人并没有征询我的意见，我也不能挺身而出干涉他人的生活，眼睁睁地看着列车出轨，人仰马翻。

人要想慈悲地输出智慧，不自作多情，也不是容易事。这种时刻，让我焦灼。

时间久了，也想明白了。不能以为焦虑不安就是贡献力量的一种方式，这是弄巧成拙，既帮不了别人，也毁了自己的欢愉。

焦虑本身并不是竭尽全力的表达，只是不良心理状态的折磨。其实，人生并没有一定的对错之分。生命是一个过程，万丈红尘万千气象都是常态。宽容就是接受和自己不同的人生状态，并不歇斯底里。

为自己建立快乐的生长点

人类正在经历有史以来最独特的一个阶段，也可以说是"五千年未有之变革"。岂止是五千年，简直就是自打人类从树上爬下来之后，五十万年甚或两百万年以来从未有过的奇特阶段。

这就是我们生存的威胁，已经不再是祖先们最恐惧的风霜雨雪等自然灾害，也不再是布帛菽粟的温饱问题，而是来自亲手制造的核灾难和心理樊笼。这是我们第一次面临人的心灵广泛起到主导作用的阶段，是人类自身演变进程的关键时刻。

我们面对的最大矛盾是——痛由心生。

饭吃饱了，是好事还是坏事呢？当然是好事了。没有尝过饥饿滋味的人，是很难体会到那种极度低血糖带给人的虚弱，具有多么恐怖和濒死的感觉。那个时候能得到一块干粮，简直就是无与伦比的幸福。如果是一块喷喷香的烤肉，更是咫尺天堂。

饥饿是强大的。当饥饿不存在的时候，很多痛彻心扉的欢乐也一去不复返了（这里的痛，要作痛快来理解）。旧的欢乐走了，要有新的欢乐顶上来。否则，人就被剥夺了幸福的重要源泉。

每个人，要为自己建立起快乐的生长点。这是你在新形势新阶段的新任务。你不能仅仅满足于食物带来的快乐，也不能满足于性本能带来的快乐。那都是动物的本能，虽然不能一笔抹杀，但人毕竟和动物是有重大区别的。

生物的快乐是永远存在的，不过，它们其实是很节制的。比如你的胃，容量就很有限。我曾亲眼在临床上见到过因为吃得太多，而把胃撑爆裂的病人，极其凄惨。我本来以为胃是很结实的器官，而且到了满溢的时刻，就不会接纳更多的食物。其实不然。因为一下子涌进了大量食物，胃就丧失了蠕动的功能，停滞在那里，好像一个懈怠了的橡皮口袋。如果事情局限在这个地步，还不是最糟，要命的是吃进去的食物，在体温的作用下开始发酵，产生了大量的气体。这时的胃就膨胀起来，变成了一个气球。产气越来越多，气体终于把胃给撑炸了。当我们用手术刀打开患者腹部的时候，看到的是满肚子白花花的大米饭。我们把破裂的胃切除了，用大量的生理盐水清理腹腔，把那些完全没有消化的大米粒从肝胆的后面和肠子的表层冲洗下来，好像在洗一堆油腻的锅碗瓢盆……手术持续了很长的时间，我们多么希望能挽救这个人的生命啊，然而，那些米饭带有大量的病菌，它们污染了洁净的腹腔，让这个人生了极重的败血症，最终逝去。

可见，一个人能吃进肚子的食物，实在是有限度的。

再说那个令人颇感兴趣的"性"。性的物质基础是性器官。当我学习性器官的功能时，接触到一个词，叫作"绝对不应期"。这个医学术语是什么意思呢？

面对着一块活体的肌肉，你用电极棒刺激一下，它就反射性地弹跳一下，对你的刺激发生反应。你加快刺激的频率，它的反射也就增快增密。但是，这不是可以无限玩下去的游戏。当你的刺激变得更加频密的时候，肌肉反倒一动不动了。老师说，这组肌纤维进入了"绝对不应期"。任你如何加大刺激的强度，它就是呆若木鸡毫无反应。用一句通俗点的话来说，肌肉罢工了！

肌肉什么时候复工呢？不知道。理智无法操纵肌肉的规律，除非它休息好了，自愿上工。不然，除了等待，你是一点儿法子也没有。

老师说，在人体所有肌肉组群中，男性生殖器的肌肉和心肌的绝对不应期是最长的。为什么，你们知道吗？

学生们回答说，心肌如果没有得到足够的休息，无论什么刺激来了都反应一番，心脏就乱跳起来，会发生纤维性颤动，人体的发动机就废了。

老师说，回答得很好。那么，生殖器的肌肉为什么也要那么长的休息时间呢？

那时我们都很年轻，实在不知道这个问题如何回答为好，面面相觑。

老师说，性可以被用来压抑死亡焦虑。医学不得不承认性的诱惑具有某种极为神奇的力量，是一个强大的避风港，在短时间内可以对抗焦虑。在性的魔力之下，人会陶醉其中。不过，因为生殖器官不是单纯为了给人狂喜的器官，它肩负着繁衍后代的责任。这个工作太辛苦了，所以，它就给这个活动包了一个快乐的外衣，如同药丸外面的那层糖皮。你若是为了糖衣而不停地吃药，一定会把你吃坏。所以，生殖器的肌肉就有了显著的绝对不应期。

但是，请谨记——性绝不是全部。医学教授谆谆告诫，这显然已经超过了医学的范畴。他说，年轻人啊，如果你把性当成了人生的唯一要务，那么，不但身体不能允许，而且在一切如潮水般消退之后，遗留下来的是无比凄凉和无意义的感觉，世界变得庸俗和单一，尤其是杂交，虽然可以向寂寞的人提供短暂而强大的舒缓，但这必然是饮鸩止渴。

我至今不知道这是不是有科学证明的权威说法，但人的生殖系统绝不是贪得无厌的蠢货，这一点我绝对相信。

既然食欲和性欲带给我们的快乐都是有定量的，那我们到哪里去寻找取之不尽、用之不竭的快乐呢？

只有精神领域的探索是永无止境的，它能提供的快乐也是最高质量的快乐。

所有的抑郁都源自关系的断裂

每个人都是这样密切地与他人相关，所以当彼此的关系断裂时，才显出空旷无助的凄楚。断裂的原因，可能是误解、背叛、欺瞒、争吵、鄙视……死亡当然是最彻底的断裂了。生命是一根链条，其中一环断了怎么办？唯一的方法是把链条再接起来。这是需要花工夫动脑子的事情。

看过一个熟练的布厂女工表演棉条的连接。棉条断了，每一根棉丝都断了，如同一根雪白的冰棒被截断。女工把需要吻合的两根棉条对接，展开，让每一根棉丝都找到连接的位置，然后轻轻地捻动，让它们在旋转中融为一体。接好了，抻拽一番，融合得天衣无缝。

这个过程形象地说明了建立新关系的步骤。找到新的位置，然后从容不迫地连接，新的关系就慢慢建立起来了。

世界上的事，简言之，都是关系使然。人的全部活动，就是三重无法逃避的关系。

第一重关系，是人和自然的关系。人类是自然之子。没有自然，就没有了人所依附的一切。大自然的伟力，在城市里的人，不大容易体会得到。你到空旷的山野和广袤的沙漠中，你置身于晴朗的夜空之下，你在雪山顶端和海洋中央之时，比较容易找到人类应该待着的位置。

第二重关系，是人和自我的关系。你离不开你自己。只要你活一天，你就和自己密不可分。就算是你的肉身寂灭了，你依然和自己的精神痕迹紧紧地贴附在一起，无法分离。

第三重关系，就是人和他人的关系。纵观世界上无数的悲欢离合、潮起潮落，无非就是在这重关系上的跌宕起伏。人是被称为"人群"的，人不是单独的个体，而是人以群分。

这三重关系，无论哪一重发生了断裂，都是噩耗。我们是相互联结的，没有哪一部分的震荡，其他部分可以幸免。所以，海明威说，不要问丧钟为谁而鸣，丧钟为你而鸣。

人永远不要割断自己同他人的联系，不要割断同祖国的联系，不要割断同祖先的联系，不要割断同亲人的联系，不要割断同工作的联系，不要割断同历史的联系，不要割断同文化的联系……正是这重重联系，像斜拉桥的绳索一样，托举着你成为你。

如果桥梁的绳索断了，谁都知道要在第一时间将它修复。但是，人的关联的绳索断了，一时半会儿好像看

不出非常严重的后果。你还是你，可以按时上班，可以
听音乐和下饭馆，可以聊天和静思。但是，且慢，时间
长了，是一定要出岔子的。很多的抑郁症就是这样悄无
声息地发生了。我曾经听过一位美国心理学家讲述治疗
抑郁症的新疗法，他很决绝地说，世界上所有的抑郁
症，都是在关系上出了问题。

真是这样的吗？

你可以不信，但可以好好想一想。

等待是幸福必不可少的前奏

现在一个愿望从产生到实现的间隔时间太短了，因
此人们变得不再珍惜。然而，如果取消了被满足之前，
那种漫长的感觉，就无法得到那种真正的幸福。

那些一有要求就迅速被满足的儿童，等于被他们最亲爱的父母剥夺了感知幸福的途径。等待幸福本身就是幸福的一部分。

有时常常想，现在的孩子有点倒霉。他们等待得太少了，被剥夺了锻炼耐心和产生期望的可能性。就像一个永远吃得太饱的孩子，因为不曾领受过饥饿的煎熬，就丧失了一种最基本的享受之乐和深切体察别人疾苦的同情心。不要一味地指责我们的孩子不知道感恩。他不曾知道被满足乃一种恩情，又如何能感恩呢？

我看到过一个描写人工喂养的动物放归大自然的电视片子。那只小豹子非常可爱，和人相处很友善。但是，因为从小离开了母亲的言传身教，它根本不知如何获取猎物。它不会挑选合适的动物展开行动，贸然向体积比自己庞大很多的斑马领袖发起攻击，结果要不是仗着自己会爬树，得以落荒而逃，就会被斑马活活撞死。它很单纯，不会伪装自己，也不会选择迂回前进的路线，更不知躲在一旁的灌木丛里突袭猎物。它只会像玩耍一样直线攻击，结果总是让并不聪明的猎物逃之夭夭。小豹子实在是太缺乏捕猎的技巧了。

可爱的小豹子，后来死了。它不是死于猎物的反攻，也不是死于人类的捕杀，而是死于自己同类的爪下。因为它到了别的豹子的活动场所，对方在树根下留了一泡尿，表示这是自己的领地，警示陌生的侵入者早早离去。小豹子不懂得这个气味的严重意义，它也在树根底下留下了一泡尿，这其实就相当于动物界的宣战书了。

当人们再次发现小豹子的时候，它已经被另外一只豹子杀死了，地下遗留着小豹子曾经佩戴过的无线电项圈。

那天我非常难过，为了世界上曾经生活过的这只如此可爱美丽的小豹子，还为了一些说不清道不明的惆怅。

痛定思痛：谁应该为这只小豹子之死负起责任呢？人类尽管对小豹子百般呵护，但是人类没有法子教会一只野生动物所有的生存本领。后来，我看过有关资料，说是这种和人类有过密切接触的野生动物，身上带着人类的气味，这就是它们最终被种群排斥的原因。

不说动物，联想一下咱们人类吧。若是老一辈的动物没有教会小动物生存的本领，光怪小动物是没有道理的。同理，人类社会的父母也有推卸不掉的责任。

幸福就在你的手中

当人们感到不幸福的时候，可以找到那么多的替罪羊羊。比如，父母为何没有把我们生在钟鸣鼎食之家？丈夫为何不能成为达官显贵？为什么孩子不是个天才儿童，智商超群？领导为什么不提拔我而偏偏青睐我的对手？国家为什么不制定政策，让所有的人都广厦千间？为什么要有风霜严寒，而不总是艳阳高照……

有些人把幸福附着于物质，有些人把幸福附着于权势，还有人把幸福附着于上司和国家……其实，你的幸福就在你的手中，它是你灵魂的希望工程。你还是相信这一点比较好，你可以开始在自己的灵魂内部寻找幸福，这才是幸福真正藏匿的地方。幸福是灵魂肆意挥洒的草书。

所有的幸福都在自己身上的知觉中，你无须外求。也就是说，幸福是可以自力更生无须外援的。你要学会察觉灵魂精确的异动。

要学会自产自销幸福。不要把人生最重要的源泉假手他人。如果一个男人对你说，我将给你一辈子的幸福。你可以微笑，但不能相信。因为幸福必须是自己给自己的礼物，任何人不得僭越。

人在幸福中会常常体验到危险与不安，概因幸福是比较陌生的感觉，人会很孤单。

我有一篇散文，名叫《忍受快乐》。此书名受到过不少人的诟病，说快乐本是好事情，享受就是了，怎么到了你这里成了"忍受"？

说实话，原先我也和大家一样，认为享受快乐才是正理。却不想在现实中，看到很多人在幸福来临的时候，不知所措。比如人会流泪，就是明证。流泪是我们感觉痛苦时的明显表现，这几乎不言而喻，但幸福时的流泪，却屡见不鲜。于是有了"喜极而泣"的成语，人们会赶紧补充说"这是高兴的眼泪"。如此说来，好像泪水可以表达完全不同的情绪。

我有点为泪水鸣不平。泪水没有那么复杂，泪水的本质就是悲哀，直奔主题。比如小孩子，伤感的时候就放声大哭，他们不会喜极而泣。喜极而泣是成人为了掩盖自己无法享受幸福，捏造出的谎言。

有的人就是太不习惯快乐的感觉了，当快乐来临的时候，他们惊慌失措。这倒是符合人生常态，人不可能长久地沉浸在狂喜之中，绝大部分人在绝大部分时间内，是庸常和清淡的。

在某一特定时间享受幸福的毕竟是少数人。人们对充当少数，天生有一种恐惧。相比之下，还是蜷缩在大多数人的阵营里，比较安全。这就是快乐引发手足无措的心理原因了。

增加幸福的不二法门

增加幸福的不二法门，有人说是需要少。我觉得更保险的是搞明白自己到底要什么。

很多人都说这个问题难以回答。我有点不明白，若连一辈子要的是什么都不知道，如何来安排自己的一生呢？

这个问题如果说难，恐怕就难在我们不习惯倾听自己内心的声音。小时候，听爸爸妈妈的。大一点了，听老师和同学们的。再大一些，工作了，就听领导和组织上的。结了婚，就听老婆或老公的。其实那个老婆或老公，有的时候，也是一脑袋糨糊，没法以其昏昏使人昭昭的。

因为不习惯，所以没方向。

　　要说以前不知道，现在马上想想也来得及啊。可有的人，还是觉得难于上青天。我想关键是不愿意享受自由，不想掌握自己的人生，随波逐流。不要以为人人都喜爱自由，有的人就是叶公好龙，当他真的享有自由了，他反倒不敢行使自由。为什么呢？因为伴随着自由，是要负责任的。

　　还有的人不做选择，干脆给自己预留了逃之夭夭的孔道。这就像谈恋爱，不敢自由恋爱的好处，就是倘若有朝一日婚姻不合，能把怪罪别人的机会留给自己，好像永远立于不败之地了。其实呢，这是把主权拱手相让，当了自我的卖国贼。终其一生，浑浑噩噩。连自己要的是什么都不知道，惨啊！这样的人，必然是空虚的。

情绪不是用来闹的

不要成为情绪的奴隶。

不要成为情绪的人质。

不要成为情绪的炮筒子。

不要成为情绪的垃圾站。

情绪有情，情绪却无序。做自己情绪的主人，你才能和情绪和平共处，共生共荣。

不喜欢一句话，把人的某种倦怠和忧郁，说成是闹情绪。好像情绪是一群叽叽喳喳的鸟，到了清晨，就会不安分地喧闹起来。

情绪是无所谓对错的，既然生成了，就要面对。你不能说喜悦就一定是好的情绪，中医里面就有"大喜伤心"的说法，证明喜悦也有杀伤力。君不见"喜极而泣"？常常听到某人在中了高额彩票之后，一命呜呼，说的就是这个意思。所以，唯有情绪是需要因势利导的，成为情绪的主人，才是正途。

期待有作为的人更要学会讲究人生的素质，要有管理自己和他人情绪的能力。情绪这个东西，一点儿没有肯定是不行的，那就成了机器人。太多了，似乎也成问题，因为任何东西太多了，都是麻烦。学会了调试情绪，就让自己有了指南针。

要有自我察觉的能力。当觉察到自己情绪不佳的时候，要问自己以下的问题：

这种情绪从何而来？

这是怎样的一种情绪？

我希望这种情绪持续多久？

我将怎样改变它？

要知道，我们越是能包容自己的情绪，它就越不会干扰我们的生活。

要是能制造出一种情绪的温度计就好了。恰如其分的情绪，显示的温度是暖黄色；恶劣的情绪是子夜时分的黑；欢乐的情绪是蓓蕾初放时的粉红；怒火冲天的时候，是刀刃一般的铁蓝或是烈焰一般的钢红……

那样，我们就会对自己的状态有更清醒的把握，就可以提前给自己打预防针，规避很多的口角和龃龉，节省时间，提高效率。

看到情绪恶劣之人，如果有可能，赶紧躲了，走为上策。

提防罹患精神鼠疫

人的肌体，其实是在不断接受着三种食物。一种是吃进去的，一种是呼吸的空气，还有一种，就是我们精神上留下的积累。它来自我们的眼耳鼻舌身，经过思索和辨认，最终形成感觉和记忆。

总是吃垃圾食品，会让我们的体质变坏，这已是不争的事实，成为了共识。为了我们的身体健康，我们要吃绿色的洁净的食品。这是文明人的时髦。

可是，精神的食粮呢？那些美好的食物都隐藏在哪里呢？我们还很少研究。

精神的食物，比肉体的食物更容易保持长久。就算是再保鲜的冰箱，你若是把鱼肉在里面储藏一年，它也会变得不新鲜，所以，肉体的食物要越新鲜越好。精神的食物却是不怕年代长久，一千年之前留下的话语，比一天前留下的言论，或许醇香更多。

肉体的食物，喜好上可能相差巨大。有的人吃素，有的人不吃牛羊肉，有的人专吃牛羊肉，有的人干脆茹毛饮血。有一些调料，在某些人看来，简直就是毒药。我亲耳听一位长辈说过，他觉得法国乳酪，就是一千名骑兵同时脱下马靴时的味道。但另外一名前辈却说，法国乳酪是天下最美味的绝品……怎么样？扑朔迷离，莫衷一是啊。

精神的食粮，没有那么大的差距，甚至可以说，它们可能因种族、宗教、信仰、民族的不同，在表达的方式上有巨大差别，但核心内容却非常相似，那就是歌唱善良、勇敢、忠诚、信誉、慈善、宽容、悲悯、友爱、幽默……你还可以举出一些品质，但是，不会太多了。拥有不同肤色和历史的人们用不同的语言，无数遍地重复的内容，基本上就是这些：

要好好饲喂你的灵魂。

不要把肮脏的东西塞给它。

不要把恐怖的东西塞给它。

不要把随手拿来的充满诱惑的却没有营养的斑斓之物，填鸭般地逼它咽下。

那样，会罹患精神的痢疾、霍乱或是鼠疫，长久了也许变成癌症，都是十分凶险的病症。

你还能找到北斗吗

有一天，走进一间大大的办公室。它有多大呢？简直像个足球场。一排排的格子，好像非洲白蚁的巢穴。每个小格子里，都有一台电脑。几乎所有的电脑都开着，一眼望去，仿佛一片片闪着不同光泽的鳞甲，颤抖着，忽闪着。突然好奇，我对大家说，我想看看你们的桌面。

这个桌面，不是木头的桌面，而是计算机的屏幕。

微软公司配发的桌面，是一片绿色的原野，芳草茵茵，略有坡度和起伏，有如少女肩胛一般柔和的地平线，还有蓝天和白云。

这是哪里？恕我孤陋寡闻，我不知道。那一年到了冰岛，极目远眺，绿水青山，觉得有些像，然而，终不是。

据说，人类是发源于东非高原。那里水草丰美，有蜿蜒的河流，稀疏的林木，宽广的空间……

想想那时人类的生存状况，能理解他们的选择。必要有流水，否则，在没有打井和储水设备的时候，谁来保障水的供给？只有河。

需要相对的开阔。早期的人类和凶猛的野兽比较起来，势单力孤。如果居所在密林中，真有什么野兽无声无息地接近营地，将是非常危险的局面。

要有林木。如果危险的对手不会爬树，从大猩猩进化来的古人类，攀缘的本领一定还不错，必要时爬到树上，或可躲过一劫。

不知他们那时，是否已经学会了刀耕火种？开阔的地形上，也许可以开点小荒，种瓜种豆，聊补生计。

扯得远了，回到咱的正题。

我觉得微软的这个桌面，实在很妙。它是远古人类生存环境的再现，看到它的时候，每一个细胞的记忆都被调动，人会情不自禁地安静下来，涌起稳定的愉悦。

不过，再好的东西，终日享受，也有厌倦的时候。

人是喜新厌旧的动物，这不是缺点，只是弱点。于是人们就各显其能，换上了个性化的桌面。感谢大家，让我在同一个时间内看到了丰富多彩的屏幕桌面。

后来，我就像有窥视癖的心理变态者一样，经常不动声色地悄悄端详别人的电脑。好在大家对电脑中的内容保密警惕性很高，但对桌面屏幕却采取了大大咧咧任由参观的态度。

屏幕上什么景色最多？猜一猜。

大多数人都能猜对。屏幕上出现最多的景色，是大自然，尤以绿色为多。草地或是森林，还有盛开的天真烂漫的花。

其次是海洋和蓝天。蓝得令人想下跪的大海，翻卷的浪花如羊群一般柔美。朝霞或晚霞，瑰丽如火。

还有很多蝴蝶、禽鸟、热带鱼的图片。

我本来以为会有人物图片，比如恋人啊，孩子啊。有一些，比例不高。还有一点，让人比较吃惊。把自己父母图片当作屏幕的，一个也没有（也许，一打开电脑，就看见父母殷切目光，实在是个压力。躲了吧）。

　　小小统计之后，我想说，人们是多么渴望在大自然当中遨游啊。

　　可是，这个简单的期望，并不容易满足。不信，你问问自己，你有多少天没有仰望过星空？还能找到北斗七星的位置吗？你有多少天没到公园中玩耍，看到盛开的花朵，闻到芬芳了？你有多少天没有听到纯净的流水声，也就是干净的大海和深山的小溪发出的声响？很多人都会说，很久很久了。

　　把电脑屏幕上的大自然换成真的风景吧。迈开你的双腿！

无能为力的感觉像忠实的狗

我经常痛恨自己时不时会出现无能为力的感觉。这感觉恰像忠实的狗，不管主人多么落魄，始终紧紧跟随。

后来，我改变策略。我不恨这种感觉了，我把它当作正常的七情六欲的一部分。

因为我只是一个平凡的女人。

因为我身上有许许多多的弱点和缺陷。

因为我经常得不到上天的眷顾。

因为我不能奢求我无法得到的好运。

所以，我常常在生活的重压之下叹息和停顿。

我不再讨厌无能为力的感觉，这是我身体和精神的真实写照。

如果我降低要求，这种无力感就会稍稍减轻。

如果我鼓起勇气，这种无力感也会消散一部分。

如果我和朋友们有一次畅快的沟通和交流，这种无力感也会稀释一点儿浓度。

甚至，如果我随手拿起报纸，看到一场天灾人祸，看到某些比我还不幸的人，在挣扎和抗争，我的心也会松弛一些。

有时觉得，这种在别人的辛苦中感到相对比较幸运的想法，是否自私并且幸灾乐祸？又一想，尚不致卑鄙至此，不过是在这种比较中，看到了事物的更多侧面，激励自己不要轻言失败。

那些更艰苦的人们尚在奋斗之中，你有什么资格放弃呢？

你愿意幸与不幸重新分配吗

我坚信每一个人，都有属于自己的喜悦和痛楚、幸运和不幸。只是有的人这一部分多些，有的人那一部分多些。正好一半对一半的人，绝对泾渭分明的人，很少。而且这两部分是可以转化的，就看你有没有能力消化。

据说有个小测验，问你愿意不愿意把自己的幸福和不幸都交出来，和大家的掺和在一起，然后再平均分配。这个测验说起来有点拗口，其实，就是你觉得自己的不幸，是否比平均值要多一些呢？你的幸福，是否比平均值要少一些呢？

很多人常常怨声载道，抱怨老天不公，听那意思好像对自己的命运颇感不满。按理说这样的人，遇到了重新分配幸与不幸的好机会，来了个吃命运大锅饭的好机会，应该欢呼雀跃才对。

然而，不。

我做过多次试验，几乎所有的人，都不愿把自己的幸与不幸交出去，也就是说，他们还是认为自己的幸福在平均水平之上，这样重新分配之后，自己的幸福就减少了。同理，他们也认为自己的不幸程度，是在平均水平之下，不愿意重新分配之后，让自己的不幸变多。

我觉得这个测验有点意思。起码说明了一点，不幸并不像我们设想的那样多，命运也并非我们想象的那样不公平。

有人反驳说，我其实并不是觉得自己的不幸少，只是觉得这些不幸，我已经熟悉它们了，就像一些坏脾气的熟人。我虽然不喜欢它们，但已然了解了它们的秉性。怎样对付它们，也有些经验了。所以，我不打算再结识新的坏人了。

这个说法有一点儿道理，但是，还不能完全解释这一点——人们为什么也不愿获得不同的幸福呢？按说，幸福这个东西，不存在"熟悉的幸福一定比陌生的幸福要高级"的限制啊！

只有一个答案。看来，对于大多数人来说，自己走过的道路还是值得宝贝的，生命还是有希望的，命运还是公正的。

食火和心火

有一天去买扇子，小老板招徕顾客，说有两种扇子卖得最好。一种写有"忍"，一种写有"制怒"。小老板说，买吧买吧，买回去，摇在手里，自己看着清凉，别人看着也和气，有利于社会和谐，像牛黄解毒丸一样，很败火的。

我觉得有意思。精神的暴力到了这种地步，人人都觉得自己需要隐忍。我们究竟要隐忍些什么？

中国人讲究"去火"。"火"分为两种，一种是食火，一种是心火。一个曾经吃糠咽菜的民族，哪里来的那么多食火呢？看来多半是心火。不要忍。忍多了，就化成了瘰疬，攒久了，就是癌症。

怒也不是可以制的。

这个"制"，是什么意思？查字典，制在这里的意思大概是控制吧。控制，作为某种情况下的特殊策略，当然是可以的。不要在事发现场一怒冲天。怒发冲冠，难免会斟酌失当。然而，制完怒之后，又该如何呢？扇子当然不管那么多了，人自己要把下文续完。

我曾说过，"怒"是奴隶之心，这里不再重复。咱说说怒之后的事情。怒完了，事儿可没完，要反思的东西很多。

我们究竟为什么而怒？古话说，冲冠一怒为红颜，可见是为了争夺一个交配权。我这样讲，很多人一定以为太龌龊，亵渎了爱情。为了爱情而战，乃是绅士的行为，说起交配，就动物了。原谅我这里省去了很多步骤，太快地进入到了本质。还是一步步说起吧。愤怒最显而易见的导火索是为了尊严。红颜如果和尊严有关，就不单单是交配权的问题了。

怒这个东西，要及时疏导。不要积小怒为大怒，积短怒为长怒，积轻怒为重怒。

怒往往是从怨开始的，所以当你有怨气的时候，不要掉以轻心，要找到让你心生怨气的人和事，看一看能否有所改善，有所化解，有所疏通。

如果是怨天怨地的事，就要趁早放弃。因为天和地，是我们依傍的对象，不可怨，只可尊崇。我这里说的天和地，统指那些不能改变的东西。对此，第一层次是接受，第二层次是感恩。如果怨，就是恩将仇报。

如果你怨的是一个人，想一想能否改善自己的态度，如果不能改，就只能接受。如果可以改变，就为了改变而付出努力。而怨气是没有用的，只会让你更不自信和沮丧。

帮助人越多，幸福感越强。

被人需要是很快乐的事情，即使很穷很忙。而无力帮助别人的时候，内心的感觉便十分黯淡。

美国哥伦比亚大学的研究人员在调研中证明，帮助人越多的人，幸福感越强。帮助他人这一行为，本身自有其深远的影响。人们需要释放内心的人道主义情怀。在帮助或是施舍他人的时候，大脑的活动更为积极。

研究人员把一些钱装在信封里，分给一些学生。准确地说，是分给了四十六名加拿大学生，然后对他们说，你可以用这些钱给自己买些东西，或者是给别人买东西，送给他们。

到了下午五点，研究人员把这批学生集合起来，调查其快乐指数。发现钱的多少，与快乐指数无关。不过那些给别人买东西的人，比给自己买东西的人，要快乐得多。

乍一听，你也许会怀疑真的是这样吗？多数人，还是给自己花了钱比较舒服吧？

然后假设自己做了这个试验。我想，我会选择把钱给我的父母、我的儿子、我的丈夫……

这样想过之后，不禁哑然失笑。自己也是凡人，并不比别人更高尚或是更龌龊。所以，这试验的结果是真实的，结论通用你我。

研究证明，当人接受馈赠的时候，和给人帮助或施舍的时候，满足感是由大脑的同一部分产生的，只不过在帮助别人的时候，这一区域更为活跃。有时想，如果人的大脑皮层是透明的，我们就会看到，当那些神经活动的时候，我们会更有成就感。这是一个有趣的试验。

我相信，当一个人被他人需要的时候，是非常美妙的感受，成就感是无与伦比的。不信，你试一试。

我会很乐意向人求助，因为这在给予自己机会的同时，也是给予了别人一个释放爱心的机会。我想，这恐怕是遗传给我们的精神馈赠。因为从远古时代起，只有那些愿意帮助别人的人，才会有更多的机会留下子嗣，我们基本上是这种人的后代，在血液中就留下了良好的习惯。

这种从心中捧出的、抛洒四处的爱意，我们要为之感动。

诺言不是锁链

你可以改变以前的承诺，不必永远被它束缚。

这一条太重要了。咱中国人，重视一诺千金。结果呢，世上的人就分成了两大阵营，一种是"一诺千金"的，一种是"一诺鸡毛"的。

这一诺千金固然是好品质，但世事多变，如果你的思维有所前进和变化，其实也不必拘泥于很久之前的"诺"，那样就太刻板了。有些人，因为太重视"一诺"这根金锁链，畏惧改变，叫它压弯了脖子，其实得不偿失。

你有权力尽情地表达你的感受。感受改变了，经过理智的甄选斟酌，你可以据此改变决定，包括诺言。

很多人不敢说出自己的感受，问其原因，大多会腼

腆地说，因为怕别人不喜欢自己。有人若是因为你的真
实感受不喜欢你，那你也只有退避三舍敬而远之了。

不过很多时候，人们搞不清发表评论和表达自身感
受之间的区别。其实，直截了当地说出自己的感受，通
常是无害的。你不是在评论他人，只是客观地描述自己
内心的活动，应该无罪。如果你连这一点主权都捍卫不
了，那处境就有点可悲了。

不想见某些人，不想参加某些会议，不想陪某些人
吃饭，可以不去。

不接受采访，不为某些人庆祝生日，不为某些人的
去世发表感言，并不因此而内疚。

不对别人的情绪负责任，只对自己的情绪负责任。
别人要怎么想，那是他们的自由和选择，和你无干。即
使是由你引起的，他们也可以选择不同的情绪，你绝不
是矛盾的主要方面。

不必每件事都寻找答案。世界上好多事情是没有答
案的。或者说，今天答案是这样的，明天又可能变成那
样，都算正常范围内可能出现的局面。

不必每件事都判断对错。对错这东西是有的，只是不一定每一桩你都来出面判断啊。

不上网、不会用银行卡、打不开保险箱、不开博客、不会发手机短信、不明白金融危机、不晓得今年的流行色和某个台风的名字……这都不丢脸。要知道李白杜甫那会儿，这些东西都是没有的，他们依然伟大。

可以没有充分理由就做出一个决定，只听凭直觉。但你要对这些决定负责。

一旦能更好地认识自己，我们就能停止那种扮演不必要的角色的行为。

忍耐是对自己的尊敬

　　有一些伤口，用羊肠线不能缝合，用止血钳不能锁闭，用皮肤不能覆盖，只能犹如鱼嘴般敞开着，直到墓土将它敷掩。

　　生命中的痛苦就像盐，看你把它溶解在一个多大的容器中。如果搅入一只袖珍的奶锅，不得了啦！你会被腌成酱菜。如果是海湾，便云淡风轻了。

　　人类远没有伟大到窥破一切真相的程度。所以，你要忍耐。

　　无论表面上我们如何伤痕累累，一蹶不振，破败不堪，我们依然是有价值的。这个价值与生俱来，谁也剥夺不走。除了你自己，没有任何人可以让你贬值。

　　我们虽不能改变已经发生的事件，但可以改变这些事件对我们的影响。不要让以往的焦虑消损了我们享受眼前美好快乐的能力。而在危难恐怖的情境中，我们往往会发现自己从不知晓的内在潜力。不离开，坚守着，有时便会有一种运气。忍耐，有时简直就是神圣。

我原来很不善忍耐，如今渐渐有所好转。我曾以为忍耐是对别人的恩典，其实，现在才明白，这是对自己的尊敬。确信自己的理念，不需要急赤白脸地证实自己高明。知道已和真理同在，便可以独自一人守候。能体察到万物的多样，便不再强求他人的赞同。

忍耐让我安静。安静中，让人更多地感到，自己是温和而有力量的！

有时，倾听就是一切

专注的聆听和随心所欲的听，是完全不同的。做个小测验吧。你和你的朋友，算作一个小组。你是A，她是B好了。第一个回合，她说，你听。

第一小节，她认真地说，你仔细地听。注意啊，是聆听。"聆"在字典上的意思是：书面语的听。当我端详这个字的时候，总觉得不是那么简单。"聆"是由"耳朵"的"耳"字和"命令"的"令"字组成的，我一厢情愿地相信这是对耳朵的一个指令，好像在说——耳朵，你可要好好地听，千万不可以走神不可以溜号啊，一定要记住你听到的话啊。

好了，回到我们的游戏中来。第一次，你是认真地聆听了五分钟。做完之后，请A问问B的感受。我猜B一定会说，很开心，很受鼓舞。如果是悲伤，觉得有人和自己一道走过，一起分担。如果是快乐，觉得是分享和共同的喜悦。

现在我们进入第二个回合。这一次，还是B说，A听。只是A必须不认真听，可以任意东瞟西看，三心二意。或者是表面上做出听的样子，其实心思早不知道飞到哪里去了。一定要做到心不在焉。结果会怎样呢？让我来告诉你。B根本就坚持不了五分钟，早早地就鸣金收兵一言不发了。问问B的心理感受，B一定会说，我觉得很受伤，觉得一点儿意思都没有，算了，还有什么好说的？！

更有甚者，如果B是在大的哀伤和混乱之中，也许会萌生出严重的失落和自卑，会觉得我不是一个可爱和受人尊重的人，你看，连我的好朋友都对我这样爱搭不理的，我做人失败，晦气透了……也许还有更负面的想法萌生出来，比如自杀，让人猝不及防……

看吧，一个小小的聆听，就会有这样不同的结果。你若不相信，不妨再试一试。这一次，A、B的角色调换过来，上次讲话的这一次换作倾听，上一次倾听的这一次来说话。我相信，经过这样一个简单的角色扮演，你就会对倾听、聆听的重要性记忆深刻。

"听"这个动作，说起来平常，其实有很多奥妙。

"听"是一个古老的功能。当我们还是爬行动物的时候，就掌握了这种性命攸关的本领。直到今天，当我们闭上嘴巴，就可以不说话，当我们闭上眼睛，就可以封锁外界的光线。但是你没有法子关闭耳朵。它就像永不疲倦的哨兵，日夜监督着危机四伏的生存环境。

也许需要接受的信息太多了，听觉基本上分为三个层面：

第一个层面是生理专注。我们会对大的声响，或是尖锐的不同寻常的音色，保持高度的警觉。当我们发现这种声音会带来生理上的威胁的时候，会忙不迭地捂上耳朵。再变本加厉的时候，我们会拔腿就跑，逃避威胁。

第二个层面是心理专注。这有点像聆听了，我们不但在听，而且会用目光和身体语言，表达我们明白倾诉者的感情。人在，心也在。出于关切和爱护，我们的心愿意和她或他的一起跳动。这表达着一个善意——我愿意陪你一起走。

第三个层面就是精神的专注。我不单在听你说，我还在迅速地思考，我在想你的处境，你的辛苦，你这一切的由来，你的出路何在……当然，有些人仅仅停留在这一步，他会想很多，可是他不一定告诉你。他可能会说，也可能不说。说与不说，其实是倾听者的自由，不能强求的。相信那个作为叙述者的人，可以理会到这一层。咫尺之遥，人们都可以感觉出听的质量。

你也许会问，听完了之后，又怎样呢？

认真地倾听之后，你就会决定究竟怎样帮助他或她。也许，有时候，倾听就是一切。

一生中，你要找一双——至少要找到一双能够倾听你的耳朵。只要你一开口，它就能懂得你，不然的话，前言太长，序曲太长，是会让人不耐烦的。说完了前奏，就没有兴趣再说下去了。当然了，前提是相信自己是有价值的，自己的苦闷是有价值的，是值得朋友来倾听的。

放弃并不等于失败

放弃争夺，并不是拱手让别人赢，只是舍去和远离。我不和你们赛跑，并不表示自己的失败，只是说明我们没有开始比赛。

人生似乎离不开比赛，但其实，人生根本就不是比赛。你和谁都不需要比。如果一定要找到对手，那就是死亡，但结局已经注定，所以，这也不是比赛，只是过程。承认在某些问题上的无能为力，你反而可以把更多的力量投入真正可以取得成效的领域。

我年轻的时候，常常羞于说出自己已黔驴技穷。我总想挣扎，总以为凭着自己不懈的努力，可以扭转乾坤。现在，我这样坚持的时候越来越少了。我常常退却，因为我知道一己微弱，有时要暂时偃旗息鼓。但我不会放弃，不过是换了另外一种节奏的步伐。

放弃并不等于失败，因为你没有参加比赛，所以那个结果与你无干。但放弃也不等于成功，因为你缺席了，结果是躲避和退让。如果是一次，可以算作一个策略；如果常常如此，你就在实际上放弃了多彩的人生。

人一生，不能不放弃。一次都不放弃的人生，是不现实的。起码，你最后一次是要放弃生命，你不想放弃也不行，有自然规律管着呢。在这之前，你还曾放弃过青春，放弃过健康，也可能放弃过理想，放弃过亲人……

不管你喜欢还是不喜欢，你必须放弃。放弃是个强有力的席卷者，最后会将我们所有的一切都打包带走。所以，学会和放弃和平共处吧。你越早学会，越受益无穷。因为放弃不是失败，只是一个阶段。随着年龄的增长，我们的生命越来越由我们的选择来塑造。你活得越久，你的选择就越多，你越要小心地做出决定。但是，也不可事事都放弃，你不能总是这样。那是懦夫和懒汉的哲学。

学会维持自己的快乐

维持喜悦，是一件需要努力的事情，并不是天性使然。

喜悦和悲哀，都是人情感的一部分。沉浸在悲哀中是很正常自然的事，如果不是有意识地走出来，人们会深陷悲哀的沼泽中，很久无法自拔。通常，除了时间以外，我们还需要一个猛醒，一声恫吓，才能从悲伤中振作起来。

喜悦则不是这样，它会像沙漏一样，在不知不觉中渗走，只留下一个回忆的空壳，令人惆怅。要学会维持你的快乐，这就是不断地感恩，不断地将脸朝向有光亮的地方。时间长了，你自然学会了和喜悦相处的诀窍。

希望你一站出来，就让人能从你身上看到生命的光彩。生命是有光彩的，如果说一朵山野中的小花都有盈手的清香，一段腐木都会污浊不散，那么，我们的生活，也可以弥散出味道。

期望着你能让你的生命像暗夜中的米兰和雪中的梅，人们还没有走近，就会被熏染，就会深深地吸一口气，不由自主感叹这飞来的一段美妙。

叔本华说：人是生而自由的，却又无往而不在枷锁之中。

我们平日感觉自由的时候甚少，感觉枷锁的时间甚多。不过，仔细想想，你还是自由的。所有的枷锁都是你自己套上的。打开枷锁享受自由的滋味，有些人从来也没有享受过。他们无所不在地夸大了枷锁的力量，忽略了自己的主动。只有自己才能化解生命故事中那么多的伤痛和矛盾，让自己日趋圆满。记住，你永远是你的主人。

宇宙不公平吗？不啊。宇宙只是漠不关心。自己的事儿，要自己做。这是幼儿园就教会我们的道理。

人们之所以看到很多人在讴歌艰难，是因为那多是

成功了的人在自言自语。不要喜爱艰难，不要人为地制
造艰难。其实，艰难是把大部分人的才华都磨损了，把
大部分人的意志都侵蚀了，把大部分人的幸福都耽搁
了。我相信，在肥沃的土地上，充满阳光的空气中，才
能生长出更多丰硕饱满的庄稼。

那么，快乐有什么用呢？

快乐的用处就是——它能使你认识到自己的价值，
感受到他人认可了你的成就，你对这个世界是有用的。
还有一个附带的可贵用处，就是能让你健康。

你是百分之三吗

如果有一天，你说：这份工作给予我高峰体验，让
我得到了很大的乐趣，更不可思议的是，还让我得到了

金钱。那么，恭喜你。你把自己的兴趣和对公众的服务结合到了一起。据说能够做到这一点的人，只占总人口的百分之三。

不要小看了工作。工作是让我们觉得生命有意义的重要组成部分。如果你只把工作当成了赚钱的工具，那么，你就丧失了人生极大的乐趣。一份喜爱的工作，让我们具有了使命感，给了我们身份，是我们应答社会召唤的方式。我们的潜能得以在一个公众的平台上发挥，我们回报了社会，我们的内心收获了满足。

每样工作都有快乐，同理，每样工作也都有苦恼。现在的问题是——这快乐是否相宜于你？快乐也是有质量高下、持续长久之分的。有的快乐，只是好奇，当你知晓了其中的秘密，快乐就转变成了厌倦。有的快乐，却如醇酒，时间越长，你越感知到醉人的芳香。谈到苦恼，这可要认真琢磨一番。相比之下，苦恼比快乐更重要，因为这是你的底线。你是否可以接纳持之以恒的苦恼？你对苦恼的容忍程度到底怎样？你能容忍的时间是多久？你能为此做出多少改变呢？

人格对就业的影响力，远远不及兴趣。你要尽量拓展对某一行业的了解，它是什么？它做什么？它的行规是什么？这不是一项简单的功课，要知道，现在有超过两万种的职业在地球上存在。每一个行业都有行规，你如果不了解行规，贸然入行，很可能会受不了。你不懂得游戏规则，游戏就会给人焦虑和压力。

行业里也有许多潜规则，你可曾知晓？我知道有一些潜规则是上不得台面的，但多少年来，它们一直在那个行业的激流之下存在着。如果你要接受这个行业，你就要了解它的全部：桌面上的和桌面下的。如果你有精神的洁癖，就要远离某种潜规则。你不可能一边控诉着，一边利用着，那你本人也成了潜在水面下的生物。

当你尝试着做一件充满了创造性的工作，应当更相信你的直觉，不必掺杂过多的理智。因为理智通常是通过已有的经验来做判断，但这一次，过多的理智只会充当刺客。

由于工作价值与生命意义的联系陷落和崩裂，现代的人们常常伸手不见五指的迷茫。工作占去了青葱岁月豆蔻年华，投入心血，殚精竭虑。当我们不再能从工作中找到快乐和意义的时候，负面的力量会来得如此之大，决然超过了你的预期。然而工作里越是找不到幸福感，我们越要去寻找它。这就形成了最凶险的悖论。

听过这样一句名言：世界上最幸运的人，是找到一份工，他不用工作。这话有一点点拗口，说白了就是你能把工作变成玩耍的一部分，在你工作的时候，完全不觉得这是被迫的事情，而是发自内心地喜爱。

工作就是爱自己，爱社会，是混合着生活素质和成就感的一杯鸡尾酒。如果你仅仅把工作变成了养家糊口的营生，那就不单对不起自己，也对不起工作。

工作是可以换的，但事业不会。事业给生涯一个方向。事业是持续的，是和人生观、价值观挂在一起的。生涯更是一个宽广的概念。这就是工作和事业的不同。如果你能把工作和事业熔炼在一起，那就天人合一了。

所有的工作，都有它的神圣性，都有喜欢它的人存在着。要力争把你的工作，变成你的兴趣所在。这是一种纯美的境界。你做这件事，这件事让你快乐，让别人感到有帮助，人家还付酬金给你，你说这是不是多方共赢皆大欢喜呢！这样的事，从天上掉下来的时候，固然是有的，但肯定概率极低。所以，你要用心去寻找，以求达到幸福的高峰——有点像结婚。

批评常常具有破坏力

人们对于自觉羞耻的事，反应往往非常强硬。这是百试不爽的结论。如果你看到谁非常强硬，通常都是他的痛处被触及了。而这个痛处，大致都与羞耻有关。

当一个人觉得没面子的时候，常常也就没有了能力。这真是当代人的一个特点。

也许，从另外的角度说，我们格外看重尊严。当你尊重一个人的时候，他就有了更大的能量。

需要谨记，批评具有破坏力。慎用批评，无论是对孩子还是大人。

羞愧能够改变人的比率是百分之五十，就算我们因为羞愧而改变了行为，这也不是一个良好的模式。更不消说，还有百分之五十的人，不会因此而改变。

我没有找到鼓励令人改变的百分比，但经验中的体会是——肯定比百分之五十要高。

尤其是对孩子，让他们感觉羞愧，绝不如让他们感觉光荣与自豪来得美好。就算是羞愧和鼓励令人有同样比率的改变，我觉得也应多选择鼓励。这样比较温暖和明亮，会产生长远的正面效应。

吞噬能量的黑洞，常常以爱的名义

当一个人把他内心最深处最不可告人的东西，那些最隐秘、最关键的话语说出来的时候，几乎毫无例外地会引发听者的强烈不适感。

这种倾诉，不仅包含着怨愤、悲伤、曲解等，还常常有强者最深层的软弱和弱者最无助的愁肠。作为一个倾听者，你一定要镇定。因为只有你此刻宽广无垠的包容，才能让述说者继续敞开心扉，将包裹已久的瘰疬解开。

你要克制住自己的不适，将倾听进行到底。对方只有将重重压抑依次展示之后，才能寻到建设性的方向，找到出口。

每逢这种时刻，你不要慌张。这是人间信任的舞台，而你是唯一的观众。

有一些家庭，在"爱"的名义之下，行使着独裁和权威。不管男生还是女生，寻找伴侣的时候，对这样的围城要有充分考量。

世界有很多黑洞，在吞噬我们的能量。比如，一个孩子在幼年的时候，如没有得到过足够的安全感，在未经疗治的状况下，他将一辈子都没法建立起对他人的信任。这种丧失了安全感的深层战栗，乃是人间最大的黑洞。

不要在没有安全感的上司手下工作，他会疑虑重重。

不要和没有安全感的人结成伴侣，他既不能同甘，更不能共苦。

顽强比坚强更重要

人对自己的生活，肯定是要有规划的。但当新的事件发生的时候，你要有能力修改自己的计划。当然了，我这里说的是比较短期的计划，而不是讲你的人生目标翻手为云覆手为雨地变个不停。如果你不能放下已经规划好的生活，就无法迎接那些等待着你的新的生活。

走错了，能不能回到开始的那一点，重新开始？有的时候可以，大部分时候，不可以。因为你已经输掉了信任和时间。人不可能重新踏入同一条河流，更不要说同一个起点了。每一个变数都会影响发展的方向和进程，对此，我们要有充分的思想准备。

那些非常善于逃跑的人，第一次，跑就跑了吧。第二次，也容他再跑一次吧。但第三次，就不应该再放任自己或是他人了。总是放弃，断没有前进。

创造力充沛的人，通常要有一颗小孩子一样的心，充满了好奇感。好奇这个品质，在小孩子是天然，在大人，就需要刻意保持。我所说的刻意，不是让你处处装出大惊小怪的样子，而是一种发自内心的探索这个世界的乐趣。这并不难，因为世界本来就充满了未知的领域，你只要不有意磨灭自己探索的眼光，好奇心就会像忠诚的宠物，寸步不离。

要有幽默感。幽默感的产生，来源于对自己的接纳，对人类境况的接受，而后就有了玩笑感。幽默应该是没有敌意的，有敌意的，那就叫作挖苦了。如果你不会幽默，这也没什么好自卑的，也不需要特意去学习。保持你原来的样子就好，不必太在意。

对一个成功的人来说，其实顽强比坚强更重要。"坚"的意思是摧不垮的，但顽强，除了硬度这一条，还特别强调了千百次的概念。

"顽"是什么意思？冥顽不化啊。相信自己，绝不改变。

用生命擦拭生命

诚实是有力量的。
不要看不起一时的诚实带给我们的寂寞和更多的辛苦，
它会让我们的灵魂安宁，
这才是诚实最可宝贵的品质。

诚实让灵魂安宁

为自己设立一些纲领，永不违反，比如不偷盗，比如不骄傲，比如不偷情，比如不吸毒，比如不赌博，比如不说谎，比如孝敬父母和师长，比如忠于诚友谊，比如……这不是为了别人好，只是为了自己好。

世上做人的道理，其实很简单，最重要的部分，归纳起来，不会超过十条。我们在幼儿园的时候，基本上都学过了。很多人以为它们朴素单纯，就看不起这些道理，甚至把违背这些道理当成是成熟和长大的标志。在某个狭窄的时间段里，这些天条显不出它们的力量，你会看到说假话的人比说实话的人多了机会；你会看到偷情的女人吃香的喝辣的，好不惬意；你会看到有人干了坏事，并没有受到惩罚，反倒优哉游哉……你会怀疑上述这些规矩，觉得它们已经过时。

其实，它们是人生浓缩的精华，它的正确性也许在短时间内还不够显著，如果把人的一生，紧缩到了一天，你就会发现它们几乎是颠扑不破的真理。你不说谎，一辈子要减少多少脑细胞的劳损啊！你不偷情，一辈子能多享受多少坦荡自足的快乐啊！你诚实，会收到无数信任，它是无价之宝——机会也就在这种信任中萌生。

我参加过一个小规模的学习班，其中有一个活动是让大家写出自己最欣赏的品质，结果几乎是所有的人都说自己欣赏诚实。接下来的另一个自我测查是写出你具有的三个优点，过了一会儿，大家都写完了，指导老师让人们依次念出来。

结果是人人都欣赏诚实，喜爱诚实，但在谈到自己所具有的优点的时候，被提及最多的是善良、负责、有爱心，还有富于创新、吃苦耐劳、有团队精神等，几乎没有人提到诚实。可见，诚实是一种多么受人尊敬又多么稀缺的品质。拥有这种品质的人，放射着光芒，这是一种温暖的人性的光芒。你要努力找到这样的人，和他们成为朋友。你更要努力成为这样的人，这会使你快乐安然。

大家都知道，当一种物质比较稀缺的时候，它的价格就会升高，"物以稀为贵"嘛！所以，不要以为诚实的人就没有好运气，当诚实越来越成为罕见的品质之时，你拥有了它，就是拥有了一种凝聚力。它会像磁石一样，把很多机会吸引到你附近。

诚实使人轻松。诚实的人比欺诈的人更放松，因此就更有智慧。他们没有羁绊，也不设防。他们不需要借助更多的辞令、表情，包括身世等来包装和解释自己。诚实的人把真话像石头那样甩出去，自己反倒轻松了。

当然，我们不能这么功利地看待诚实，我只是说，人类生存的法则是公平的，它不会让那些狡诈阴险的人得利长久。如果那样，人类这个物种终究就没有希望了，就注定要灭亡了。所以，诚实是有力量的。不要看不起一时的诚实带给我们的寂寞和更多的辛苦，它会让我们的灵魂安宁，这才是诚实最可宝贵的品质。

世界上最安全的事情，就是真实

人生没有绝对的安全，但没有人可以威胁真实。

大家都喜欢安全，安全是人仅次于吃饱饭有衣穿之后的需要。但安全并不是指总在熟悉的环境里高枕无忧，也不是指明明在危险中，却伪造一个安全的幻想，来麻痹自己得过且过。

世界上最安全的事情，就是真实。因为虚假的安全一旦破裂，才是最大的风险。真实的东西，已经脱去了任何可以虚构的衣衫，只剩下无法后退的裸相。当你感觉非常害怕的时候，其实往往是看不到真实的海底。一旦放弃一切幻想，就是绝地反击的时刻了。

真实是我们最后也是最初的底线。你一直把守在这条底线上，牢牢地站在真实的肩膀上，你就没有了后顾之忧。生命的过程变得简单，一味向前就是了。

　　撒谎比说真话更费脑细胞。在撒谎时，大脑中有七个区域需要活动，但说真话的时候，只有四个区域活动。这一结果来自美国坦布尔医学院脑功能成像中心的研究证明。

　　我看到这个实验的时候，不禁兀自微笑了一下。因为，我一直以为撒谎比较轻松呢。不知道有多少人和我的揣测一样，其实大脑的真实感受是要多费几乎一倍的功力呢。我们的大脑在为撒谎付出牛马般的苦役，疲惫不堪。看来，就是从经济省力、节约能源的角度出发，我们也应该多说真话啊！

　　生逢务真求实的年代，所有说假造假作假者，都面临险境。

用生命擦拭生命

　　有个奇怪的悖论。我们都希望自己和别人不一样，却希望别人应该和自己一样。很多人爱说"将心比心"，这在常态下可行。在特殊情形之下，就不那么灵光。

　　我认识一些女朋友，爱穿奇形怪状的衣服，理由就是"我不想和别人一样"，这恐怕可以印证上面的说法。

　　其实，一样和不一样，都是相对的。我第一次上人体解剖课的时候，最惊讶的是那些尸体上肌肉的起止点，居然和书上写的一模一样。

　　我问老医生，有没有不是这样长的肌肉呢？

　　外科医生说，他做过几千例手术了，都差不多，几乎没有例外。

　　那一刻，我感到很失望。原来看起来千姿百态的衣物遮盖之下的人体，居然这样整齐划一。

从此，我不再追求外在形式上的出新，因为我们骨子里，都是一样的组织、内脏、骨骼、细胞……

但是，我们又常常说，没有一片叶子是相同的。叶子都不同，人当然更不同了。这不同之处就在于我们的心灵。生命如此百媚千娇，用生命点亮生命，用生命擦拭生命，用生命拥抱生命，用生命链接生命，都是美好的事。

不使诈的生意经

现代社会中，对人性的坚守，已经变成了一种稀缺的品质。但唯有稀缺，才说明葆有这种优良品德的人有社会的良知。

早年间，我认识一位老板，做生意从来不要心眼。我这样一个对商战一窍不通的人，都害怕他做不长久。人都说商场如战场，兵不厌诈。这个人根本就不会用诈，早晚要丢盔卸甲。和他有过一席长谈，发觉他是一个非常聪明的人。如果想使诈，绝对是一把好手。

我问他，你不愿用诈，是不是怕受到良心的谴责？

他说，我不是从良心的角度来考虑这个问题，而是纯粹从商人的角度来考虑这个问题，我不用诈。

我说，这个游戏圈里，大多数人都会用诈，你不用，不就是自取灭亡吗？

他说，此言有差。我问你，你是愿意跟一个不骗人的人打交道，还是愿意跟一个骗人的人打交道呢？

我大喊起来，说，这还用问吗？我当然愿意跟不骗人的人打交道了。我想所有的人都是这样。

老板说，你说得很对。这就是我的商业准则。既然所有的人都愿意和不骗人的人打交道，我就要做一个这样的人。这样所有的人都来跟我打交道，我的生意不就越做越好了吗？

我惊讶，说，就这么简单吗？老板说，就这么简单。

我说，呵，这么简单的道理，为什么别的人就做不到或者不去做呢？

老板说，我不知道。我知道的是，像我这样的人很少。越是少，人们就越是稀奇，就越发传播我的口碑。我的生意就越做越大了。

是啊，诚信越少的时候，一个坚守诚信的人，就会获得更多的机会，这不言而喻。

不真实不现实的工作

世界上很少有报酬丰厚，却不需要承担巨大责任的便宜事。

记得我在一所中学和孩子们谈心,他们尚年幼,我以为对各自的将来还懵懵懂懂。不想大谬。几乎每个孩子,都能振振有词地把将来的工作阐述一番。让我吃惊的是,他们向往的职位,都是挣钱多而轻松惬意,且不想负担很大的责任。

我不知道这种想法从何而来,估计是周围的成人灌输给他们的吧。我以为这是一种不良的期待。

第一,这不真实。世界上有没有挣得多、活儿又轻松的事呢?我不敢说绝对没有,但我敢说,概率一定非常低。如果大家都想找这样的事,那几乎轮不到你头上。依我多年来的经验,在你考虑问题的时候,对那些小概率事件,干脆不要打到算盘里。因为太容易碰壁,到那时你会埋怨社会的不公平。其实,是你先对这种可能性的概率,失去了公平的判断。

第二,这不现实。现实是,这基本上是个付出劳动才能获得收益的世界。我见过付出了劳动,却得不到收益的事,这种事还真不算少。于是便有了这样的说法:只问耕耘,不问收获。为什么不问呢?因为没法问,问了，那回答也不乐观，收获很可能是零，或是零点几。应对的法子就是大家干自己喜欢干的事情，即使收获是零。因为在做事的过程中，你收获了喜悦，乐在其中，也就物有所值。总而言之，你干活得不到报酬的事，常常发生。反过来的事，几乎没有。你说现实残酷也罢，不讲理也罢，它就是这样一板一眼，自说自话。

第三，行业中有许多秘密你不知道。你看到的只是表面现象，为什么别人可以得到既风光收入又好的工作？当事人不一定把所有的秘密都告诉你。我认识一位被人包养的女人，她的那位所谓的"老公"，每月给她一份不薄的薪水，给她置办了好房子和红木家具，表面上看起来，她养尊处优非常惬意。同她处得久了，她说，这也好比是一份工作，要保住这份工作，付出的辛劳非同小可。

我说，看不出来啊。你每天好像神仙般悠闲。

她说，其实，我每天战战兢兢。家中的老板什么时候不要你了，炒你的鱿鱼，都完全有可能。我连普通员工都不如，因为你不会得到提前通知，也不能问为什么。没有任何为什么，只是看你不顺眼了，我就必须从这个职务上下岗了。我也不能要求涨工资，老板给你一个你花一个，完全不知道自己的晚年将如何过。所以，其实不是给一个钱就花一个钱，而是只能花半个钱，那半个钱要存起来，留到人老色衰被抛弃时补贴家用……

当然了，这是一个比较极端的例子。写在这里，是想提醒那些期望少干活多拿钱的人们，及早放弃这个念头。不然的话，徒生烦恼和痛苦。

你可以不讲话，但不要说假话

习惯于破坏别人情绪的人，很难成功。你想啊，谁不愿意快乐和欢欣呢？能得到欢愉的心情不容易，但心情被破坏却不是太难的事情。中国有句古话，叫作"好言一语三冬暖，恶言一句六月寒"，就算你没有让人三冬暖的本事，也不应该在不知不觉中，伤人于无形吧！这种杀伤力，后果严重。

人的言论，承载着自己的过去、现在和未来。所以规范你的言论，是你一生的任务之一。

人们常常把说话这件事，看得太简单了。以为从小就会说话了，能表达自己内心的意思了，知道冷知道热了，知道问候和感谢了，就万事大吉了。其实，不然。因为现在社会的交际范围比早先的农耕社会要大得多，你每天都要遇到一些新的情况，都需要不断地交流和沟通，这种方式要求人必须有很好的沟通工具——这主要是语言。很想说几句关于说话的话：

一是不要讲客套话。

很多人会说很得体的话，却不会说有真情实感的话。这就像是很多女人握手的时候，只把几个冰凉的手指伸过去，表面上是完成了一个礼仪，但是实际上却没有传达出热情。那么，这个礼节的问候之意就大打折扣了。说话也是一样，如果你想传达的是恭敬，就用你真心的恭敬去表达；你想表达的是感谢，就请充满真诚的谢意。别人不是傻子，能看出你到底在其中蕴含了多少真情实感。起码，一个你必须表示敬意的人，他一定在某些方面是有特长的，你以为可以蒙过他吗？没那么容易吧！

二是要有创造。

一定在你要表达的话语里，加上独属于你自己的创造。如果是人云亦云，最无害的结果也是它完全不能达到预计的目的。先有真情实感，然后再以你独到的方式表现出来。你可能觉得这是一个负担，但世界上的什么事情，不是一个负担呢？生命本身就是一个负担。你想要在这个世界上有所发展有所作为，就要有迎着挑战上的勇气，况且，只要你是出自真心实意，讲话并不是负担，而是心灵沟通的必要手段。

三是不要讲言不由衷的话。

因为人们对于识别假话，都是很有一套本领和直觉的。如果你讲假话，其实就是预设了一个前提：你将要被我欺骗，而你将不会察觉⋯⋯

　　我猜大多数听众一看到我上面写的这句话，马上就会心中一凛，涌起不快，紧接着就会提高警惕，在心中挖出一道堑壕。作为说话者的你，也许会喊冤，说我和他人打交道，就是想和他保持良好的关系，哪里是想骗他呢？但言不由衷的话所要抵达的前方，就是这样一个陷阱。所以，如果你真是不喜欢，你可以不讲话，也不要说假话。

　　你看到这里，可能要笑话我说了这半天，三条都是一个意思。恭喜你，答对了。

　　　　　　　　　　幸福的保险单

　　父母不是那么容易当的。其艰巨性，最少相当于写一篇博士论文。培养孩子要算总账，不要计较一城一池的得失，宁可要孩子在人性方面更为成功。

做父母不简单。而且，失败了，后果太严重。我看如今的学习考核制度，就是不遗余力地制造严酷和艰难。看看哪个孩子能在这样恶劣的竞争条件下，依然能取得好成绩。这不但需要扎实的知识储备，还需要更好的体能和心理素质。当然了，水涨船高，各位家长拼命加码让孩子加大训练强度的后果，是有些孩子就此崩溃，是很多孩子学了无以致用，是体质的弱化，是眼睛近视程度的不断加深，是心灵的偏斜和窄化……

其实，没有一个家长是不心疼孩子的。但是为了孩子的前程，他们不得不咬紧牙关狠下心来，逼迫着幼小的孩子承担他们难以承担的重担，剥夺他们的童年和睡眠玩耍的时间，来积蓄竞争的筹码。

说穿了，就是为了让孩子在今后的奋斗过程中，多一点儿胜算的可能。

不知道诸多家长想过没有，想让孩子在今后的激烈竞争中脱颖而出，为的是什么呢？

家长可能会答，当然只有进入名校，才有可能找到好的工作。

那么，让我们继续追问下去。什么是好的工作呢？

家长会说，这很容易判断啊，当然是挣钱多的了。

原谅我的刨根问底——您想让您的孩子挣那么多钱，干什么呢？

如果在现实中真的问到这里，很可能会引发家长的讪笑，说，这还不是明摆着的嘛，当然是希望孩子幸福啦！

现在，我们绕了一个大圈子，又回到了那个老问题上——钱多了就一定幸福吗？

我觉得家长在这个结论之前的一步，说得很正确。家长都是希望孩子幸福的。不过，幸福是灵魂的成就，不是金钱的成就。所以，在培养孩子的过程中，多用精力让孩子拥有一颗健康的心，这才是他幸福的保险单。

谁也无法保证雨滴垂直降落

全世界的心理学家，都在夜以继日地治疗由家庭造成的伤员。

关于家庭，我们已经说过很多。有一位妈妈问我，我要怎样做，才能让我的孩子心灵没有一点儿伤痕地长大？

我说，没有任何法子。

你敢跟一棵树说，我有办法保证你在开花结果中不长一只虫子？

你敢跟一滴雨说，我有办法保证你在飘落的过程中始终是直线？

我猜任何一个园丁和气象学家都不敢讲这个话，这也超出了他们的能力。所以，天下的妈妈们，不必对自己太苛责，做妈妈也和做其他的事儿一样，只要尽力而为就是。当然了，这个尽力，不仅指的是要尽身体上的力，也要尽脑筋中的力。

现在的妈妈，实践的机会比以前要少，如果就要一个孩子，简直就是孤注一掷。当独生子女的家长，是一件需要水平的事。出了废品，就满盘皆输。

所以，更要多读书，从别人的间接经验里面汲取有用的知识，让自己多一些准备。

然而还是会有伤痕，还是会有坠落中的误差。这也是生活中正常的事啊。

安之若素很难办到

孩子是最容易受到攻击的对象，他们不会还手，受到恫吓就会安静下来，让成人们觉得恫吓是一个有效的方略。

然而孩子们像海绵一样，吸收了成人世界的怒火，并将其植入了自己大脑皮层的潜意识。随着他们慢慢长大，他们会在人与人的交往之中，不由自主地重复从父母那里习得的方式，以为这是最好的一招，以为这是爱的曲折表达。他们会养成以最坏的心思去揣度他人的习惯，并将自己的情感包裹在铠甲之中，以为这才安全。

姑娘们，请记住，不要和这样的男人结成夫妻。他们不会爱人，只会戒备。同理，小伙子们，这样的女人，哪怕美艳如花，你也要三思。

可惜，我往往看到有些人情愿选择受苦，而不愿获知真相。怎么办啊？没办法。

安之若素其实是一件很难办到的事情，特别是看着一个孩子渐渐成长中那无数的过错，你要心平气和。你要眼睁睁地忍耐一个生手的过失，有时候还是很严重的。你忍不住要跳出来帮忙，其实这是一次扼杀，你杀死了一次正在成长中的经验。

我们作为孩子时吸引大人注意的方式，也经常是我们成年以后吸引别人注意的方式。少小得不到足够关注的孩子，会留有终身的遗憾。他们在成年以后，会忍不住夸大自己存在的意义和价值，用很多手段来吸引别人的目光，甚至把整个人生变成了演戏，其实这正是自卑。

一个人在童年时期认知发展的过程中，对现实与安全、疆界与极限的感受与把握，都是非常重要的经验。如果这个过程中出现了混乱，将构成一生严重的问题。

现在很多家长在孩子幼小的时候出外打工，以为挣钱是对孩子最大的帮助，殊不知，亲情的依偎极其重要。

当孩童如此年幼、软弱却又聪慧无比的时候，他们大睁着探询的眼睛，情绪敏锐，好奇心极强，并能创造出自己的解释。他们尚无法分辨自己和他人的界限，却无时无刻不在用自己的小脑袋瓜探索着世界，他们渴望学习什么才是真正的强壮、稳固和安全。

这个阶段，稍纵即逝，对人一辈子的影响极其深远。

爱他，就告诉他一定会受伤

女子常常受到女子的伤害，这伤害来得又准又锋利。因为同是女子，就更清楚哪里是要害哪里最疼痛，防备的方法几乎没有。如果一定要找方法，那就是尽快地愈合伤口。

常常听到有女性朋友说，都是女人，她怎能这样伤我?!

我就窃笑。不是幸灾乐祸，只是笑她天真。当然是女人伤害起女人来，才更得心应手。因为彼此了解哪里是软肋，才更稳准狠。

一个人在这个世上会受伤，这是一个常态。没有人能允诺你一个没有伤害的世界。如果谁这样说了，不是白痴，就是成心骗你。

　　我这样说，肯定有好些妈妈生气，说，我就是这样想的，我就是想让我的孩子在一个没有伤害的环境中长大，你怎么能说我是白痴？！

　　别着急，听我说。好心的妈妈，你把一件这个世界上并不存在的礼物送给你的孩子，还信誓旦旦地说这千真万确，这不是白痴又是什么？

　　说你是白痴，都是客气的了，我要说你是陷害了你的孩子，你一定委屈而愤怒。但很可能真相就是这样，因为你告诉他的是一个虚幻的世界，他会在这堵铜墙铁壁前面碰得皮开肉绽啊。

　　真正的爱，就是告诉他，他一定会受伤。那伤害会来自男人也会来自女人，甚至来自爱你的人。疗伤的方法只有一个，就是在无人的地方舔干血痕，粘一张创可贴，然后，继续上路。如果伤得太重，一张创可贴不够用，就多贴几张。如果创可贴根本盖不住伤口，就用整匹的干净白布缠起来，多休养一段时光，然后，还是上路。

暖意融融和血肉模糊都是真实

找一个安静的时间，反思一下自己父母的性格和他们的关系。假装自己是一个局外人，看看他们是否幸福，人格是否高尚，一生是否心满意足。不要太拘泥于孝道，一味地为他们唱赞歌，而是用一个成年人的眼光剖析他们。

如果你觉得这是一件大不敬的事，就请不要告知任何人。建议你一定要在一生的某一个时刻，完成这个功课，早完成比晚完成要好。因为他们曾是你人生不得不接受的第一任老师和楷模，如果不曾经过系统的清理，长大以后，你会不由自主地重复他们的模式，基本上概莫能免。为了你的幸福，你要有一个取其精华去其糟粕的过程。你可以对这个结果保密，但不要因为痛苦而逃避。

　　这几乎是一个可怕的话题，但你要有勇气完成它。

　　我们在报纸和公开发表的文章中，看到的都是其乐融融的家庭图画。这就让我生出了浓烈的不真实感。因为，几乎全世界的心理医生，都在夜以继日地干着同样的活儿，那就是医治家庭造成的创伤。

　　在我的诊所里，我经常听到的都是对父母的控诉，都是对长辈敢怒不敢言的压抑留下的伤口……我把修复这种痕迹，视为最普通和常见的工作，如同干洗店熨平一件又一件衬衣……

　　我曾经陷入过困惑。我看到的文章和我听到的故事，为什么如此大不同？是谁在说谎？到底谁更真实？这个问题困扰了我很长时间，最后终于想明白了。

　　那些暖意融融的回忆文章，是真实的。那些血肉模糊的创口，也是真实的。你可能要说这是和稀泥，因为一个人不可能既是慈爱的又是严酷的。可在我们的父母身上，这真的可以并行不悖。

　　父母不是完人，他们身上也肩负着历史的渣滓和沉淀。这不是他们的过错，只是他们的局限。同理，在我们的身上也是这样。我们在爱孩子的同时，也将很多糟粕遗留给了他们。人类就是这样泥沙俱下鱼龙混杂地繁衍着。认识到这一点，我们在清理自身的同时，也整合父母留给我们的精神财产。他们不可能都是纯正而光彩夺目的，一定有污秽和血污。

这不可怕，只有当清理完成，我们才能更加懂得他们，更加理解他们，甚至也更加原谅他们。这个工作，你可独自在秘密中完成，但是，你不能不完成。

父母是风，孩子是船

关心和担心是不同的。

关心，当我们说到"关"的时候，是一种关联感，是一种关系。我注视着你，思考着你，但我不会干涉你。因为我够不着，因为你在我的手臂以外，但在我的视线以内。

担心，就不同了。担是扁担的"担"，是一个动词，是要用手、用肩、用腰、用双腿、用气力的一份担当。其实，一个人是担不起另外一个人的。天下所有的家长对自己的爱子，可以多关心，但要少担心。

父母一定是不一致的人。就算他们原来是一致的人，生活也把他们磨炼得不一致了。这不是坏事。不要强求一致。这世界原本就不一致，让一个孩子以为所有的人都是一样的，这可不一定是个好主意。不过父母不可在原则问题上有重大分歧，那样会令孩子无所适从。

父母只能是风，而孩子是船。他掌握着舵柄，并最终独立地选择航程。你可以使劲地吹，以影响他的风帆，但你不可能代替他航行。

谁是船长？这是一个问题。我们当然知道，造船工人不是船长。父母们千万要把这事想明白。不然，你连当风的机会也会失去。

孤独有很多种，分离的孤独，是其中最有建设意义的一种，尤其是对已经成年的孩子来说。目标高远的孤独，更是所有孤独当中的神圣极品。如果没有了这一部分孤独，我们就会失去无数的政治家、艺术家和哲学家。就算是平常人的孤独，也并不像想象的那样可怕难熬。让孩子学会和孤独共处，这是一个终生有用的修炼。

精神的脐带缠绕脖颈

家庭谙熟的把戏并不是消失或是遗忘。而是传承。

或许表面上好像几代人已经离散，其实不然。家庭会以一种意想不到的魔力，传递着悲剧或喜剧的性格和命运。

这无关法术或是咒语，只同家庭的脉络有关。真的，切莫小觑了家庭的根系。所有发生过的一切都不会消失，只是潜伏。

你面对的不是一个人，而是一幅家庭的历史卷轴。它们卷起来，好像干燥的木柴。它们一旦打开，复杂得令你目不暇接。这当然包括好的也包括坏的。还有一些说不上好也说不上坏的存在，展现在我们眼前。有时一粒飞过的火种，就会燎原。

很多生物都要蜕皮才能长大。人在生理上是不蜕皮的，但心理上也有不断蜕变的生命周期。其中非常重要的一次化蛹成蝶，就是离开原生的家庭，独自凛然面对沧桑。

越是有问题的家庭，子女越是无法和那个家庭彻底切割联系。若是滋生于充满冲突的家庭，无论他们主观上是怎样想逃脱冷漠的窠臼，精神的脐带总会缠绕脖颈。他们无力做到另起锅灶开辟新天地。反倒是来自充满关爱、彼此尊重的家庭的人，比较容易顺利走出原生家庭，建立自己的完整空间。

所有的动力都来自内心的沸腾

一个人躺在地上，如果他不想起来，那么十个人也拉不起他来，即使起来了也马上又会趴下。

所有的动力都来自内心的沸腾。如果你做不到一件事，无论是搞好关系还是寻找爱人还是减肥，都是因为你还没有真正想做。

这是一个很有意思的心理小游戏。来，纠集起十来个人，然后找一个人来扮演那个躺在地上的人。不用找体重特别沉的，那样容易影响咱们这个游戏的真实感。请这位朋友赖在地上，大家用尽全力把他拽起来……

我见过三十个人都拉不起一个人的。我本来在上文中想写这个数字，但又怕大家觉得太夸张了，就写了十来个人。这是千真万确的。只要你不想起来，没有人能把你拉起来。心理上的问题也是一样，只要你没想通，只要你不是真的心服口服，那么所有外界的努力都是劳而无功的。

女子当了妈妈，对待自己的孩子时，要记得这个游戏。他虽然小，也有自己的独立意志，你要把道理给他讲清楚，而且要让他明白这样做的目的是什么。有人会觉得孩子还小，没必要讲那么多。可是，成长是一个逐渐发生的过程，你不能在一颗幼小的心里，种下强权的种子。以理服人而不是以力服人，这是要从小就养成的习惯。

你举目四望，很容易就能发现：很多人的生理和生物上的需求得到了满足，但他们仍然不满意，奔突不止，躁动不安，缺少一种能使他变得生机勃勃的动力，欠缺稳定祥和。像这样缺少主动性的生活，无论表面上多么风光，都是不值得羡慕的。

那种使自己变得生机勃勃的动力是什么呢？谁来回答你呢？谁来帮你寻找呢？谁为你一锤定音？没有别人，只有你自己。只有当理想的光芒照耀着我们，而且它和广大人群的福祉相连，我们才会有大的安宁和勇气。

你可曾体会到种子的疼痛？那种挣开包锁自己的硬壳，顶出板结的土壤的苦难，对一粒柔弱的芽来说，可说是顶天立地的壮举。一个人觉醒时的力量，应该大于一颗种子啊！

有些人把梦想变为现实，有些人把现实变成了梦想。关键是，你的梦想是什么？你为你的梦想做了什么？

有梦想就不会寂寞。当你寂寞的时候，只要招招手，你的梦想就飞到了身边。剩下的事，就是琢磨怎样把梦想变成行动了。

朋友多少为多，多少为少

如果你有很多个朋友，基本上就和没有朋友差不多了。朋友是需要精心照料的，是一种特殊的低产的庄稼。如果你照料不到，朋友就成了杂草。宣扬自己有很多朋友的人，其实是别样的孤独，离开了朋友就无所适从。

常常听人说，我有很多朋友。还有人说，我这么多年，什么都没有落下，就落下了一堆肝胆相照的朋友。我总是半信半疑。

朋友到底多少为多，多少为少呢？古语说"人生得一知己足矣"，看来，真正的知音，有一个就足够了。

我觉得敢于承认自己朋友不多，是一件需要勇气的事情。在中国，朋友代表着你的好人缘，代表着如果你有了危难，有人会伸出援手。代表着如果你死了，你的妻儿老小有人帮着照料。如果你说自己朋友不多，岂不就是招认了自己不受人待见，孤家寡人，失道寡助吗！古话说，一个好汉三个帮，看来你不是个好汉，没有人来帮助你，你成不了事，活不出名堂，死后凄凉……没有朋友，不但否认了你的抗灾抗病抗打击抗风险的能力，而且简直就是否定了你的人格。这是一个可怕的指控。

在一海之隔的日本，没有朋友也是很寂寞的事情。我曾听一个日本人说过，下了班之后，哪怕就是自己一个人坐在酒馆里喝闷酒，一言不发，也要熬到半夜三更才回去，不然的话，就会在太太孩子面前大为丢脸，因为那说明你不受重视，不但没有能力加班，而且也没有朋友相伴一醉方休……

人从本质上来说，其实是孤独的。如果想靠着朋友来抵御孤独，基本上是痴心妄想。朋友们走了，你会更孤独。明确地了解孤独，了解自己的力量所在，对朋友的依赖就会比较小，朋友也容易做得长久。

铁树一样的朋友

朋友这种宝贵的矿藏，不是白白得到的。

要得到最好的友情，首先要把自己当作最好的朋友，让自己觉得自己是被信任的，是被尊重的，然后你才会尊敬别人。

如果不尊重一个人，却想得到他的倾情相助，那不但不可能，而且是不道德的。

我曾经很努力地照料一盆花，但那盆花还是死了。浇灌一盆花，尚且如此不易，照料一个朋友，当然也不是轻而易举的了。

朋友要处得长久，你一定要真性情。因为你若是装假，日久天长的，就太辛苦了。朋友也为难，因为他或她所喜爱的那个人，不是真正的你，而是一个伪装的你，这岂不太荒谬？

当然，这种关系要求你的朋友也以真相示人，这样才能分辨大家是否真的投缘。如果彼此都真实并且喜欢，友情就牢固，经得起岁月淬火。如果彼此不能接受，就友好地分手，互祝珍重。

要有时间听朋友唠叨，这几乎是一种时间的储蓄，因为你听他唠叨了，当你有这种需求的时候，他才有可能听你唠叨。听的时候要快，但反应的时候要三思而后行。

　　要有时间陪着朋友默默地走路。什么也不说，心却已然相知。

　　这样的朋友，就像植物中的铁树，苍翠地绿着，很多年才开一次花。那花嫣然一笑，彼此都珍贵。

　　　　　请带上一枝花，每年到墓地两次

　　如果你的父母健在，请你每两年到陵园去一趟，最好选那种美丽庄严的陵园，实在不行，乱坟岗子也行。如果你的父母不在了，请带上一枝花，每一年最少去两次。墓园会让我们怀念和安静，懂得珍惜人生的紧迫感，铭记恩情。这是一个恐怕要遭人诟病的建议了。

思谋了半天，还是写在这里，以供那些胆大的朋友们参考。

西式的墓园通常是美丽的，有很多花草树木。我在国外看过若干个墓园，有时简直就是流连忘返。墓前的雕塑栩栩如生各具千秋，让人感受不到逝去的悲哀，充盈心间的只是拳拳的感慨。记得在阿根廷首都布宜诺斯艾利斯中心，我浏览了一处公墓，听说阿根廷原第一夫人艾薇塔·贝隆的墓室也在这里，就专门跑去观看。那首脍炙人口的《阿根廷，请不要为我哭泣》，传达的就是她的心声。墓地真的非常高雅而静穆，没有一点儿哀伤的气氛，到处开放着芬芳的玫瑰。我就是在那里滋生出每年都到墓地参观的念头。

传统的中国式墓地一般肃穆有余，静雅不够，有点森严，而且多和继承遗志联系起来，成了宣讲决心的所在。我说的不是局限于这种心态，而是在一个更广阔的时空和历史中体味人生。在温暖的阳光下，在春天的日子里，到墓地随意地走走。驻足看看墓碑上的名字，注意一下他们的生卒年代。读一读碑上的铭文，我断定你一定会有很丰富的感受。

是啊，生命是那么短暂，无数悲欢离合，已经被一抔黄土掩埋。面对这样的归宿，你更会感到什么是生命中最重要的东西。那些不大重要的东西，就渐渐隐没。

最后，请把手中的那枝花，轻轻安放在一处草木葱茏的地方，祭奠他们和自己逝去的年华。

学会欣赏心灵的成长

过去影响了现在，现在必将影响将来。只要你一息尚存，一切都还不算晚。只要你想改变，变化就会发生。只不过随着年龄的增长，变化的范围就比较狭小了。但狭小不等于消失，永远不会有一个不能突破的界限。你可以奔突而去，决定权在你自己手中。

很喜欢一句话——死亡是成长的最后阶段。我们一生都需要成长，直到死亡。骨骼的成长，在二十几岁就已经完成了，从那以后，我们不再长高。但是，骨骼细胞还是在不断地更新当中，每一天都是新的。你如不信，想想骨折之后，新鲜的断裂是如何卓有成效地愈合，你就会明白，即使是看起来呆若木鸡的骨头，也在日新月异地变化着。至于头发指甲这类外显的小零件，你更是可以清楚地看到它们是如何不知疲倦地生长着。

心灵呢？也一样啊，甚至成长得更快。你可以从一件事的反思上，更改几十年以来的一个错误观念。你可以在片刻的感悟中，习得一个伟大的真理。你可以从某人的一言一行中，体察到他被你忽略的丰富。你也可以一下子就识破了迷幻自己半生的谎言，从此洞若观火……

只要你学会了欣赏心灵的成长，你就会看到它电光石火般的进化。这是人生最神奇的体验之一。

此生结束后，我们重逢

　　按照世俗的观点，不管我们有多少岁，我们已经多么成熟，父母的逝去，还是会动摇我们内心深处最坚固的所在。我们变得像失去了燃料的潜水艇，躲在幽暗的海底，一动不动。任凭一股又一股激荡的海流，残酷地扑打着我们，却听不到任何声音。悲哀是有规律的，大约像潮汐一样准时，每隔半个小时袭来一次，每隔四个小时大发作一次。那感觉像是咽喉深处被人扼住，只有出气没有进气，天地在眼前渐渐褪去颜色。

　　我的父母都已离去很多年了。但哀痛仍然像刚刚诞生时那样鲜明而深刻。我每日都会想起他们，心会缩成一团。就像此时吧，我又想起了他们，就在此地此刻。我写在这里，好像显得有些突兀，但这就是我椎心刺骨的思绪啊，我知道他们就在我的身边，看着我写下这些文字。我感觉到他们的呼吸，我必须要用我的文字同他们打招呼，他们才会从沉思转为微笑。当我这样想的时候，我就先微笑起来，我希望他们看到我的从容。我想，我笑了，他们也就笑了。因为我是他们的女儿，在我身上，有一半来自我的父亲，还有一半来自我的母亲。我爱惜自己，就是爱惜了他们的赠予。我让自己快乐，就是让他们快乐。我让自己和更多的人交流，也就有更多的人了解了他们。

我坚信：我们永远有机会表达我们心中的爱，也永远都有机会收到我们已经逝去的亲人们发给我们的爱，因为灵魂的交流无处不在。此生结束后，我们必将重逢。

这样想了之后，我的泪水渐渐风干，我又继续写下去了。

后　记

如果你看到这里，你就基本上看完了这本册子。

环球航行时，到了北极圈附近的格陵兰岛，迎接我们的除了淡蓝色的冰川，还有漫山遍野鹅黄色的蒲公英。从来没有见过这样整齐划一的蒲公英，每一簇都像特大号元宵般饱满，半仰着脸，像一支黄色军团，怒发冲冠地吹着连天号角。

后来才知晓，我们抵达格陵兰岛时分，是一年当中气候最温暖的几天。所有的野花都要抓紧时间开放，晚了就会被寒风冻僵。

多么顽强而聪慧的生命啊！

万花丛中，翻译小唐对我说，我给您照一张鼓起腮帮子吹蒲公英的照片吧。

我大笑，说那是小女孩玩的把戏，我已是一个老妪。

小唐不解道，吹蒲公英还和年岁有关吗？

现在，我要在这本书里，把我的文字吹走，让它们飘扬而去。祈愿时间的雨滴，吹醒这些像蒲公英的种子般细小的文字，让它们在漂泊中找到自己新的栖息地。

文字是有温度的，我不喜欢太冷酷的文字，尽管有时入木三分。文字是有颜色的，我不喜欢太灰暗的文字，尽管黑也是一种颜料。文字是有味道的，我不喜欢太苦涩的文字，尽管黄连也是一种药材。我希望能用老祖宗传下来的恩深义重的汉字，驮载着我的善意，抵达夜半时分还半掩着的心窗。

我从来没有任何一本书，像这本书这样回忆往事，袒露心迹。这并不是说我以前所写的文字都有所遮掩，只是说这本书让我将文字的匕首更深地刺进了内心，鲜血淋漓。我不知道在这个世界上，能有多少颗心和我共振？也许，只是一己的脉搏在轻微地孤独跃动。

有人问过我，当兵这件事，对你有何影响？

我说，让我知道了自己能做什么。

当年在藏北，狮泉河的水有多凉，涉水而过，我的双踝曾知道。冈底斯的风有多疾，御风而行，我的双肩曾知道。喜马拉雅的冰有多硬，破雪攀缘，我的双手曾知道。藏北的天有多蓝，仰天而望，我的双眸曾知道。这一次，在大西洋、太平洋的波涛颠簸中一路写来，书的情义有多深，我的十指知道。

环游世界，深深敬畏大自然的恩宠，所有的地球人，相互之间必须紧密连接。要有悲天悯人之心，不能让荒漠失却潺潺溪流，不能让高山消融万年雪冠。万物灵长的我们，只有一个心灵的出口，那就是相亲相爱！

很喜欢美国诗人罗伯特·佛罗斯特的诗句，稍微改一改：大海美丽，幽暗而深邃。我有诺言，尚待实现。还要游泳百里，方可沉睡。

我们都在海中，终点含蓄而深沉。思索让我们在任何时候都不那么惊慌，即使面对死亡的黑裳。

世界上最温暖的地方，不是初夏朗朗晴空下的草坪，而是你我的击掌而鸣。

我放飞的蒲公英种子，你可收到？

图书在版编目 (CIP) 数据

孜孜不倦地爱与被爱 / 毕淑敏著. — 北京 : 北京
十月文艺出版社，2016.2
ISBN 978-7-5302-1508-1

Ⅰ.①孜… Ⅱ.①毕… Ⅲ.①散文 – 中国 – 当代
Ⅳ.① I25

中国版本图书馆 CIP 数据核字 (2015) 第 148225 号

孜孜不倦地爱与被爱
ZIZIBUJUAN DE AI YU BEIAI
毕淑敏 著

出　　版　北京出版集团公司
　　　　　北京十月文艺出版社
地　　址　北京北三环中路 6 号
邮　　编　100120
网　　址　www.bph.com.cn
发　　行　新经典发行有限公司
　　　　　电话（010）68423599
经　　销　新华书店
印　　刷　北京汇林印务有限公司
版　　次　2016 年 2 月第 1 版
　　　　　2016 年 2 月第 1 次印刷
开　　本　850 毫米 ×1168 毫米 1/32
印　　张　10.625
字　　数　146 千字
书　　号　ISBN 978-7-5302-1508-1
定　　价　32.00 元
质量监督电话 010-58572393